손바닥
산문집

손바닥 산문집

1판 1쇄 인쇄 2015년 5월 25일
1판 1쇄 발행 2015년 5월 30일

지은이 한규우

발행처 해토
발행인 고찬규

책임편집 박재연

주소 (121-896) 서울특별시 마포구 동교로13길 34(서교동 474-13)
전화 02-325-5676
팩스 02-333-5980

값은 표지에 있습니다.
ISBN 978-89-90978-93-6 03810

손바닥
산문집

한규우 지음

하늘토

I'll do my best to my life

고갱이 배추의 계절, 입동을 지나자 분분 날리는 눈송이가 소설과 대설 사이를 건너뛴다. 동지라는 글자를 보면 생각만으로도 한밤중 같은 안온한 겨울밤. 아들딸들이 대학 다닐 때 쓰던 노트를 버리지 못하고 간수하다가 쓰고 남은 낱장을 떼어 묶어 새 노트를 만들기로 했다.

82, 85, 87학번들이 쓰던 공책을 모두 꺼냈다. 내 곁을 지나간 날자만큼이나 흩어진 노트를 2014년의 예쁜 달력을 뜯어 겉장을 만들고 새로 재단하니 모두 아홉 권이다. 낱장으로 만든 14학번의 내 인생 노트. 새 노트가 예뻐서 자꾸 샘물 같은 웃음이 솟아난다.

아이들이 제만큼 독립하여 집을 떠난 동안에 공부 좋아하는 나는 아들딸들이 중·고등학교 다닐 때 쓰던 공책의 낱장을 뜯어 식구들 몰래 영어 배우고, 중국어 배우고, 글짓기 배우러 다닐 때 들고 다니며 모두 사용했다. 이제는 더 이상 공책 대용으로 쓸 만한 것들이 없어 평생 보관하려던 자식들의 대학 노트에 손을 댄 것이다. 겉장을 만들어 책꽂이에 나란히 꽂으니 마음이 풍선이다.

예쁘게 만들어 어디에도 없는 이 노트에 나의 하루하루를 채울 것이다. 책을 읽다가 마음을 치는 문장은 필사할 것이다. 독서 토론할 책들의 요점과 주제와 느낀 점과 생각을 적을 것이다. 인문학 동아리 노자반의 감칠맛 나는 말들을 적고 EBS

영어 강좌를 들으며 못난이 필체인 흘림체를 남길 것이다.

TV 화면에 자막으로 2015년 방송대학 학생 모집이 지나
간다. 대학은 나에게 블랙홀이다. 저 블랙홀에 빨려 들 수 없
다는 걸 눈 시리게 알고 있지만 이렇게 예쁜 대학 노트에 제
도 밖의 강의들을 받아 적을 것이다. 남은 인생에 최선을 다
할 것이다.

2015년 새봄 한규우

박용하
시인

5년 전, 우편으로 책 한 권을 받았다. 개인이 보냈는데 필자 서명이 없었다. 처음 있는 일이었다. 필자의 나이가 일흔이니 할머니한테 책 받는 것도 처음 있는 일이었다. 타인들이 내게 보내준 책들 중 읽다가 중간에 집어치운 책이 수두룩할 뿐만 아니라 초장에 외면당한 책 역시 적지 않은데, 알 수 없는 힘에 이끌려 이 분의 책을 다 읽을 수밖에 없었다. 글은 세련되지 않았으나 진솔했고, 내가 겪지 못한 얘기와 말과 사연이 덜 가공된 채 생동하고 있었다. 글쓰기 선수들이 널린 세상에서, 글짓기꾼들의 글에 이미 질려 하던 나로선 색다른 경험이었다. 글이란 게 묘하다. 사람의 마음을 움직이는 글은 잘 쓴 글이 아닐 수도 있으니까 말이다. 이번 책에서도 적지 않은 사연들이 펼쳐진다. 저자는 1940년대의 가을 햇살을 말

하고, 한국전쟁 때 겪은 B-29 폭격기를 말하기도 한다. 1970
년대에 친구 교통사고 합의금을 마련해 주었다고 16만평의
산을 넘겨받는 이게 실화인가 싶은 얘기도 나온다.

골프장 한 곳이 들어서기 위해 650기의 유골을 파묘하는
얘기며, 수면제 50알을 먹고 죽기는커녕 되레 기력을 회복하
는 이웃 사람의 믿기지 않는 사연까지 등장한다.

여든이 다 되어 가는데도 '문자'만 보면 아직도 가슴이 뛴
다는 한규우 님은 천상 평생 문학소녀라 해야겠는데, 젊어서
부터 글을 썼으면 어떻게 되었을까 상상이 안 된다. 한규우
님이 지닌 열정의 반 만이라도 베껴 내 삶과 문학의 동력으로
삼고 싶다.

"삼십 대 크게 아파 본 이후 눈 뜨면 보이는 모든 것이 덤
이고 선물"이라는 한규우는 "이생이 극락"이라며 하루하루
의 극락을 감사하며 사는 사람이며 그 가식 없는 말의 하루하
루가 이 책에 있다. 사람은 그냥 쉰이 되고 예순이 되고 일흔
이 되지 않는다.

· 정용주 시인 ·

관계된 모든 시절과 세계 앞에 항상 자신의 삶을 '경그레' (솥에 음식을 쪄낼 때 재료가 물에 잠기지 않도록 솥의 안쪽에 얼 기설기 엮어서 걸쳐놓는 물건. 손바닥 산문집 p28)로 내어놓고도 원망과 절망을 생각하지 않고 희망과 소망으로 자신을 세워 나간 '바람 할머니' 한규우 선생님의 일관된 삶의 긍정성에 경의를 표한다.

이제는 자신의 날개만으로 세상을 날게 된 자녀들의 먼지 묻은 공책의 낱장으로 어디에도 없는 나만의 노트를 만들어 또박또박 써내려간 이 기록의 책은 갈피마다 고유의 의미를 갖는다. 스스로 습득한 그의 문장법은 간결하고 깔끔하다. 모 두가 겪어왔지만 기억하지 않는 일들을 아무렇지도 않게 홀려놓은 풍경의 묘사마다 깊은 성찰의 의미가 숨어 있다. 글을 쓰고자 하는 이들에게는 공부가 될 것이고 쓰고 있는 이들에 겐 반성이 될 것이다. 굳이 꼭지 몇 편을 뽑아 이 책을 설명하지 않는 이유다.

2010년에 출간된 첫 산문집《바람 할머니, 산골에서 유럽으로 날다》를 읽으며 재미있고 가슴 짠해서 이윤학, 우대식, 김영산, 고영 등 몇몇 시인들과 돌려 읽으며 책을 처음 소개해준 박재연 시인께 감사했던 생각이 난다.

허전하고 먹먹한 겨울 산자락에 피어난 생강나무꽃이 반갑고 고마운 계절이다. 우리에게 다시, 한 나무가 피워 올린 수많은 꽃송이 같은 이야기를 들려주는 한규우 선생님께 감사드린다.

일러두기

본문의 표기는 한글 맞춤법 통일안을 따르되 작가의 특색을 나타내는 사투리나 입말은
그대로 표기하였습니다.

책머리에 : 005

I. 봄 햇살 내려앉는 앉을개 주변

봄 햇살 내려앉는 앉을개 주변 : 018

싱그러운 육신을 비다듬는 삐끼풀 : 022

무와 감자를 당그려놓고 참새 잡으러 나가자 : 027

서까래만 한 홍두깨 아금벌게 움켜잡고 : 030

하우고개 개복사꽃 : 033

어처구니가 있는 5월의 달빛 : 039

쿵짝쿵짝 이웃집 고추 심기 : 045

느티나무가 있는 집성촌의 택호들 : 050

뿌욱, 종자 마늘 만들기 : 057

이게 썩은 게 아니거든 : 060

주홍부리새 일가 : 063

능머루 앞뜰, 하늘 도화지 : 068

어어잇, 어잇, 못줄을 넘겨라 : 072

도둑에 대한 예의 : 077

콩꼬투리 속 콩알들의 아비규환 : 080

창밖의 남자 : 083

선善의 부메랑 : 086

II. 내 안에는 무엇이 꿈틀대는 것일까?

내 안에는 무엇이 꿈틀대는 것일까? : 092

허공 위의 약속 : 096

광중壙中 안의 사람들 : 099

슬픈 문장처럼 : 103

그림 속에서 길을 잃다 : 106

간밤의 도둑 걸음 : 115

바그너를 듣는 동안 : 117

어미 소가 밤새 새끼를 부르는 가을밤 : 121

꿈속의 꿈 : 123

안녕, 이구아수 : 126

멈머꾸 놀이 : 131

생각의 거미줄 : 134

산수 : 138

낯간지러운 두근거림 : 144

동물의 왕국, 구재골 : 149

수면제 50알의 기적 : 152

불전 고민 : 155

III. 찔레꽃 보쌈

찔레꽃 보쌈 : 160

어차피 떠난 사람 : 163

태풍 볼라벤 : 167

태풍은 닥치고 : 172

오일장터에서 러브신 : 176

다래한의원 재치주머니 : 179

물방울 물살 : 182

고향 길 옛집에는 꽃등 불이 피겠네 : 185

저녁 연기를 올리며 지붕을 잇는 하회마을 : 187

다나킬의 소금 카라반 극한의 땅 : 193

낙영폭포 : 197

부연동을 아시나요? : 202

육박한 시절 : 206

마운틴 오르가슴, 운학산 : 209

헝거로운 산행, 청량산 : 214

덕주공주가 있는 덕주골 : 219

대암산 가는 길 : 223

맺는 글 : 227

봄 햇살 내려앉는 앉을개 주변

1

봄 햇살 내려앉는
앉을개 주변

표고 접종을 하려고 겨우내 넣어 두었던 오리궁둥이를 꺼내니 앉을개* 주변에 촉촉한 이끼가 파르라니 한 뼘이나 쌓였다. 오리궁둥이는 들일 할 때 엉덩이에 부착해 깔고 앉아 일을 하는 간이 의자로 양다리에 꿰어 사용하는 농사용 도구다. 엉덩이가 오리궁둥이처럼 뒤뚱뒤뚱 걸으며 일을 하니 오리궁둥이라 부른다. 빈 사과 상자 여러 개를 포개어 칸을 만들고 맨 아래 칸은 끈이 담긴 바구니를 놓아두고, 둘째 칸은 호미들을 얹어 놓고 셋째 칸에는 오리궁둥이 앉을개를 넣어 두었다.

겨울을 보낸 잡동사니가 아닌 것이 분명한데 이 푸른 이끼

안을개 주변에 촉촉한 이끼가 파르라니
한 뼘이나 쌓였다.

―

들이 무엇일까? 고개를 기울이고 들여다보니 사과 상자 귀퉁이의 기역자 모양을 의지처로 새들이 물이끼를 물어다 둥근 집을 짓고 있는 중이다. 요것들 봐라! 주인이 없는 사이에 허락도 없이 셋째 칸에 살림을 차리는 중이구나. 세 받을 궁리보다는 귀여운 생각이 앞서 앉을개가 있던 자리에 비슷한 키의 화분 하나를 올려놓고 며칠 동안 표고 접종을 하느라 잊고 있었다.

밀려드는 봄날은 하루가 다르게 햇살이 두꺼워진다. 마늘밭을 매려고 호미를 집어 드는데 셋째 칸에서 쥐눈이 콩알만 한 눈이 반들반들 빛나고 있다. 움찔 놀라 뒤로 물러서서 고개를 숙이고 들여다보니 한 뼘이나 넘게 쌓인 이끼 집 위에 등과 머리만 보이는 새가 눈을 동그랗게 치켜뜨며 나를 경계하고 있다. 집세에 대해서는 한마디 의논도 못했지만 새집 식구들 오손도손 살도록 곁을 지나다닐 때는 조심스레 뒤꿈치를 들었다.

한동안 분주하게 봄날을 보내다가 또 궁금해져서 조심조

심 가보니 새끼들이 어미의 기척인 줄 알고 가녀린 몸으로 노란 주둥이들을 쩍쩍 벌리며 고개를 양껏 휘젓는다. 엄마 아빠 새는 벌레를 물고 집으로 오다가 사람의 기척이 나면 빨랫줄에 앉아 시치미를 뚝 떼고 있다. 새끼들이 있는 집은 절대로 비밀이라는 듯.

　방학이 되어 막내딸의 식구들이 내려왔다. 아이들에게 새집을 보여주려고 가만가만 소곤대며 새집에 가보았다. 이런, 어제 까지도 시끌벅적 하던 새집이 텅 비었다. 하루 종일 나르는 법을 가르쳐 날아갔나 보다. 주먹하나 들어갈 만한 새집은 새들의 체온으로 포근하다. 끝내 집세도 내지 않고 살다간 새들의 행방이 묘연하다.

---

* 앉을개: 베틀에서, 베를 짜는 사람이 앉는 널빤지

싱그러운 육신을
비다듬는 삐끼풀

살얼음 풀리고 햇살이 팥죽 그릇 위에 앉은 꺼풀만큼 두꺼워졌다.

겨우내 봄 일을 계획하고 있던 사람들은 햇살이 조금 두꺼워지자 서둘러 밭을 갈아엎고 붕붕붕 트랙터로 혹은 삽으로 하루 종일 밭둑을 고르며 비닐을 씌운다.

하우고개 너머 읍내 쪽의 신작로가 넓은 밭을 지나가는데, 흙을 분수처럼 퍼 올리며 기계로 비닐을 씌우고 다시 흙을 묻으며 다져나가는 작업을 한달음에 하고 있다. 평상 위에 앉아서 내다보면 동산 아래 밭뙈기가 하얀 비닐 씌운 밭고랑으로 가득하다. 여기도 저기도 봄 햇살 아래 비닐 씌운 밭들이 봄바다 물결처럼 번들거린다. 한 두어 달 지나면 흙 분수를 뿌리던 비닐 위로 파릇파릇 더덕 싹이 뚫린 비닐 틈새로 고개를 내밀고 기웃거린다.

집 앞동산 아래 비닐 밭은 흙을 뒤집지 않아 그런지 바람결 따라 햇살만 파도를 칠 뿐 좀처럼 푸른 싹이 보이지를 않고 애타게 살펴보아야 겨우 몇 잎의 더덕 싹을 찾을 수 있다. 며칠이 지나 하우고개 너머 더덕밭이 제법 푸르러질 때 뜰 앞 더덕밭도 푸른빛이 지지 않을 만큼 피어올랐다.

많이 자랐나 보다 반가워서 나가보니 동전만 한 구멍마다 푸르게 올라오는 것은 느쟁이*와 쇠비름이다. 더덕을 무시하고 기세도 등등하게 느쟁이와 쇠비름은 하룻밤에 한 뼘 씩은 자란다.

하우고개 너머 더덕 밭은 고불고불한 손끝을 내밀어 서로 손가락을 걸고 의지하며 키를 키우는 동안 앞밭의 느쟁이는 훌쩍 커서 제 몸뚱이를 불려가고 쇠비름은 뼘을 재며 땅따먹기에 하루가 분주하다.

지팡이만큼 자란 느쟁이는 늠름하게 몸을 흔들고 쇠비름은 지렁이 빛깔의 제 몸뚱이를 번들번들 치장하기에 몇 날 며칠을 보낸다.

　느쟁이와 쇠비름이 희희낙락 천지를 점령하던 햇빛 좋은 오월의 어느 날, 잘 오지 않던 밭 주인이 무지막지한 차 소리와 함께 나타나더니 농약을 살포하는 분수가 원자 폭탄의 버섯구름처럼 쏟아진다.

　느쟁이와 쇠비름의 등등하던 기세가 한순간에 꺾이고 주춤하며 정신을 차리는 동안 고개 너머 더덕밭은 서로 팔을 벌려 강강술래 춤을 춘다.

　한동안 농약 살포 세례에 어리벙벙 휘둘리던 느쟁이와 쇠비름이 다시 한 번 밑동의 기세를 살려 이번에는 꺾인 자리로부터 여러 갈래 가지를 뻗어 온 힘을 다해 내밀고 쇠비름 역시 바닥을 설설 기어 나가 땅을 점령하느라 날마다 온몸에 심줄을 두른다.

　햇살은 어느새 한껏 부풀고, 느쟁이와 쇠비름은 부지런히 씨앗 맺을 준비를 하며 비닐 밭을 거의 점령해 나갈 무렵이다. 두 대의 차가 들이닥치고 원산폭격을 한 번 더 퍼부었다.

　육이오 때 중공군이 밀려왔다가 인천 상륙 작전에 패배 당

비닐 위로 파릇파릇 더덕 싹이 뚫린

비닐 틈새로 고개를 내밀고 기웃거린다.

—

한 빨갱이들처럼 는쟁이와 쇠비름의 삶이 뭉개진 그 자리를 이번에는 삐끼풀이 넓은 가슴을 활짝 펴고 싱그러운 육신을 비다듬으며, 유월의 햇살과 바람을 쐬고 있다.

---

* 는쟁이: 명아주의 방언

무와 감자를 당그려놓고
참새 잡으러 나가자

관솔불이 눈앞에서 환하다.

가을걷이를 끝내면 짚 오라기로 동여맨 가을배추를 뜯어 소금에 절이고 수수깡을 안아다 개울가에 쫙 펴 놓는다. 절인 배추를 자배기에 담아 똬리 받쳐 머리에 이고 손목이 쭉 빠지도록 자배기를 움켜잡고 개울로 배추 씻으러 들락이다 보면 손목은 황새 발목처럼 빨갛게 얼었다.

절인 배추는 흐르는 물에 절래절래 흔들어 개울가에 쫙 펴 놓은 수수깡 위에 척척 던져 놓았다가 물기가 빠지면 자배기에 담아 다시 머리에 이고 집으로 와서 항아리에 차곡차곡 담아 놓고 씻을 배추를 꺼내 담는다. 언 손목은 시리다 못해 감각이 달아난다. 열 번이고 스무 번이고 집과 개울을 들락거리며 김장 배추를 씻어 나른다.

김치 광 속에 김장을 가지런히 묻고 나면 김장하고 남은 무며 감자를 땅속에 묻는다. 땅을 깊이 파고 감자나 무를 쏟아 붓고 덮개를 위해 경그레*를 지른다. 긴 막대기 몇 개를 주워다 얼기설기 건너지르고 그 위에 흙이 들어가지 못하도록 솔가지 등으로 덮은 후 흙을 두껍게 덮는다.

겨울을 지나는 동안 꺼내 먹을 수 있게 팔뚝이 드나드는 구멍을 만든다. 팔뚝이 드나드는 구멍을 막는 뚜껑을 만들 때는 짚단을 크기에 꼭 맞추어 꼭꼭 묶는다.

무와 감자 구덩이를 당그려 놓고 나면 어느새 동지섣달이다. 마을 사람들은 이 집 저 집 저녁 마실을 다니며 이야기들이 시시껄절해질라 치면 관솔불 밝히고 참새 잡을 일들을 공모한다.

여럿이 함께 밖으로 나가 어느 집의 사다리를 들어다 초가집 처마 아래 기대놓고 누구는 관솔불을 높이 쳐들고, 누구는 자루를 들고, 누구는 팔을 걷어붙이고 참새가 들어 잠을 잘

만한 곳을 찾아 새들이 드나드는 틈새에 손을 디밀어 자는 새를 움켜낸다.

시시껍절한 겨울놀이가 몇 차례 지나가면 땅속에 당그려 둔 무와 감자를 꺼내 먹다가 봄은 가까이 온다. 손에 닿지 않는 무를 꺼내려면 칼 중에 가장 긴 칼을 들고 나가 짚 뚜껑을 빼고 구덩이 속에 칼을 들고 휘젓다 보면 엉덩이는 좌우로 흔들리고 무 하나 꺼내려고 버둥거린다.

바람이 귀때기를 치는 겨울 밤, 관솔불 아래 두런거리던 소리가 환호에 차면 이엉 속을 빠져 나오는 손아귀에 움켜 들려 나오던 작은 참새들……

가슴 조이며 내다보던 눈앞에 관솔불은 환했다.

---

* 경그레: 솥에 음식 따위를 쪄 낼 때, 재료가 물에 잠기지 않도록 솥의 안쪽에 얼기 설기 엮어서 걸쳐 놓는 물건

서까래만 한 홍두깨
아금벌게 움켜잡고

아들애는 책 좋아하는 에미를 위해 가끔 책을 선물한다. 이번 설에는 '청소년 현대 문학선'을 여남은 권이 넘게 사가지고 내려와 눈앞에 펼쳐놓는다. 칠십이 넘은 에미에게 웬 청소년 현대 문학선은? 참 가당치도 않은 나이의 격차에 단절의 풋내가 난다. 여러 가지 과자 봉투를 쌓아 놓고 이것저것 꺼내 먹으며 맛을 즐기듯이 아들애가 선물한 책을 집어 들었다.

그러나 웬걸,

김주영의 《거울 속 여행》은 뱃구레가 출렁거리도록 웃음을 터트려 나오는 웃음을 참느라고 애를 쓰다가 입꼬리를 올린

채, 어느새 눈물이 글썽 차오르고 가슴이 꽉 막히게 한다. 책
장이 넘어갈수록 상큼한 맛이 머릿속을 개운하게 닦아 준다.
글은 잡티 하나 걸리지 않고 나를 한 세월 속으로 끌고 들어
가 이 문턱 저 방문을 열고 들어가서는 서늘서늘하게 내 마음
을 어루만진다.

가슴을 쿵쿵 울리는 발동기 방앗간에서 밀을 빻아 집으로
돌아와 풀석풀석 밀가루를 펴서 큰 함지에 담아 물을 부어 반
죽을 두서너 테 뭉쳐놓고, 안반을 젖혀 가로 놓고 서까래만
한 홍두깨 아금벌게 움켜잡고 앉아, 엉덩이를 들썩들썩 밍그
적거리면서 국수테를 홍두깨에 감아 밀고 또 밀었었지. 맷방
석만 하게 얇게 밀은 반데기를 반으로 접고 다시 반으로 척척
접어 안반 위에 걸쳐 놓고 밀가루 한 줌 그 위에 피스른 다음
놋쇠 칼자루 다잡고 앉아 슥슥슥슥…… 살근살근 어깨춤을
한참 추고 나면 실낱같은 국수 가달이 안반 위에 가지런하기
도 하지.

풀잎만큼이나 얇게 밀은 반대기를 가늘게 썰어서 가마솥

에 끓인 칼국수를 건져 뱅뱅두리에 담아 양념간장 넉넉히 얹어 팔송댁이며 동골댁, 금바댁을 부르고, 온 이웃과 나누어 먹던 '국수시세' 풍속이 구수하게 떠오른다.

국수 테가 스석스석 홍두깨에 밀려나가던 소리와, 국수 반대기가 실같이 썰리던 칼질 소리가 살아나고, 모내기 할 때는 삼사십 명 일꾼들이 먹을 새이참으로 여남은 테의 국수를 밀어 질동이 가득 담아 머리에 이고, 가래질 한 논둑길을 위태위태 걸어가던 내 모습이 그림자로 따라온다.

설날, 세배하러 내려온 둘째가 "엄마! 이무영의 〈제1과 제1장〉은 교과서에 나오는 소설이야" 하며 제 학창 시절을 떠올린다. 사오일의 명절이 지나고 모두 제 일터로 돌아가고 나는 이무영의 〈제1과 제1장〉을 다시 펴 든다.

세월이 좋은 건지 편한 건지는 몰라도, 찬바람처럼 차단된 아파트 공간에서 배부른 산 아래 양지마을에서 훈훈했던 '국수시세'의 세월을 눈물 나게 되돌아 볼 뿐이다.

하우고개
개복사꽃

    하우고개 마루에 개복사꽃이 이른 봄 햇살에 버물리 켜 허공에 떠 있다. 새신랑 따라 처음 하우고개를 쳐다보았을 때 하늘이 한 뼘도 안돼 보이고 뾰족했던 고갯길이 몇 차례 깎여 내려가 이제는 어지간한 언덕으로 남아 고개 구실을 하고 있다. 개복사꽃! 통째로 달랑 들어다가 뜨락에 두고 싶도록 마음을 모두 빼앗기고 있던 봄날, 낯선 젊은이가 찾아왔다.

    개복숭아 장사를 좀 해보려고 저온 저장고를 찾는 중인데 누구도 쉽게 빌려주지를 않아 난감하던 차에 횡성 읍내 어떤 사람이 우리 집을 가보라고 해서 물어물어 찾아온 터였다. 말인즉슨 저온 저장고를 좀 빌려달라는 요지다. 누군지 모르지만 인심을 믿거라 하고 보냈으니 안 빌려줄 수도 없고 젊은 부부가 열심히 살아보겠다고 하니 저온 저장고를 빌려주기로 하였다.

　젊은 부부는 벌들이 제집 드나들듯 낮이고 밤이고 우리 집 저온 저장고를 드나들었다. 그이들은 주로 오일장에 나가 시골에서 나오는 개복숭아를 사오는데 장에 나가보면 서울 장사꾼들이 내려와 서로 많이 사려는 쟁탈전이 원주, 횡성 장날마다 벌어진다고 한다. 비가 오는 날이라야 쟁탈전 없이 물건을 살 수 있는데, 장날 비가 쏟아지면 서울 장사꾼들이 내려오지 않아 장터에는 개복사가 넘쳐난다고 한다. 해가 나면 물건이 없어 난리 법석이고 비가 오면 그만 사고 싶어도 "젊은이! 내 것도 가져가" 매달리는 할머니들의 손을 뿌리치지 못하고 있는 대로 사 온다.

　그들 부부는 생각 끝에 개복숭아 한 바가지 씩 앞에 놓고 장터에 앉아 있는 할머니들에게 개복사를 따서 오느라 애쓰지 말고 직접 댁을 찾아가겠다 약속을 하고 오후가 되면 산골짜기 개복숭아 산지로 돌아다니며 개복사를 모아 가지고 오다 보면 한밤중에야 저장고에 넣게 되었다.

저장고에 넣어놓은 개복숭아를 인터넷으로 판매를 하는데 주문이 들어오는 대로 포장을 해서 전국 어디든지 택배로 보낸다. 장사를 처음 시작할 때는 개복사를 정확하게 분별하지 못해서 일반 복숭아 솎아 낸 것을 잔뜩 사가지고 왔다가 몽땅 버리기도 하고 실패를 밑천으로 개복사 보는 눈을 확실하게 트이게 되었단다.

장마철에는 저장했던 개복숭아를 바닥에 죽 널어놓고 환풍기와 선풍기를 있는 대로 꺼내다가 돌려가며 습기를 거두어 포장을 했다. 그이들이 저장고를 사용하겠다는 약속 날짜는 지났는데 야지 개복사 출하가 끝이 나면서 영월, 평창, 정선, 대관령으로 점점 더 높고 깊은 산지를 따라 찾아다니며 개복사를 사들여 날마다 늦은 밤에 저장고에 넣고 다음 날 오후에는 5kg, 10kg 단위로 포장해서 택배를 보내기에 몹시 분주하게 보냈다.

개복사의 온몸에는 짧고 뽀얀 가시래미가 덮여 있다. 가시래미에 덮여 있는 개복숭아의 생김새는 너무 요염하다. 작으면서 갸름한 하트형의 앙증맞은 모습 끝 부분은 살짝 올라간

버선코를 닮았다.

개복사의 가시래미는 무척 따갑다. 개복사 가시래미가 날려 몸에 묻으면 씻어도 완전하게 씻겨나가지 않는다. 입었던 옷을 몽땅 벗고 씻어도 왠지 몸이 따끔거린다.

그들 부부가 떠난 후 집 안 곳곳에 개복사가 굴러다닌다. 들마루 안착에 한 알 굴러가 있기도 하고, 마당가 풀 사이에 숨어 있기도 하고, 수돗가에도 한 알 떨어져 있고, 눈에 보이면 그때그때 주워다가 흙 속에 꾹 찔러 넣었다. 개복숭아 생각도 겨울 속에 묻어 두고 봄 표고 작업으로 분주하게 사오월을 보내던 어느 날 뒤꼍에 돌아가 보니 개복숭아 싹이 나와 연년생 아이들 모양 키재기를 하고 있었다.

모두 세어보니 열다섯 그루였다. 한 그루 한 그루 살펴보니 대부분은 키가 비슷비슷한데 몇 그루는 미숙아처럼 여리고 작아서 왜 그럴까 생각해보았다. 높은 산 깊은 산골에 살다가 늦게 실려와 가을이 다 될 때에 흙 속에 묻은 것들이 분명했다. 너는 정선, 너는 평창, 너는 대관령 하고 이름표를 달아 놓고 틈만 나면 뒤꼍으로 달려가 개복사 나무들이 자라는 모습을 대견하게 바라보았다.

똑같은 햇빛과 바람 속에서 자라지만 늦게 심은 씨앗들은 나약한 몸으로 더디게 자란다. 일찍 심은 개복사들은 가을바람이 불 때쯤, 너무나 당당하게 자라서 키는 1m가 넘고 여러 가지들은 옆으로 뻗어 서로 팔을 걸치고 있었다.

작은 하트형의 예쁜 개복사, 동그스럼한 얼굴에 버선코 닮은 배꼽을 가진 예쁜 개복사, 뽀얀 가시래미를 가득 품은 예쁜 개복사가 통째로 달랑 나의 뜨락에 찾아왔다.

뽀얀 가시래미를 가득 품은 예쁜 개복사가
통째로 달랑 나의 뜨락에 찾아왔다.

——

어처구니가 있는
5월의 달빛

　하고 싶은 일과 해야 할 일 사이의 엇박자를 조정하느라 생활은 언제나 분답스러우면서도, 시립도서관 강의실에서 '노자'반이 모였다.

　'도'란 날마다 덜어내는 것이라는 알 듯도 모를 듯도 한 긍정의 수긍을 하다가 내 안에 있는 이념, 개념 등의 주도권을 덜어내는 일이라는 추가 설명으로 조금은 더 알아들은 것 같기도 하다. 무위·무불위를 노트에 적으며 들을 때는 그래, 그래 했지만 저녁에 노트를 열면 무위·무불위가 어처구니없이 생소하다.

　노자 동아리반 수업을 마치고 12시 넘어 고속터미널 의자에 앉아 몇 년 만에 만날 친구들을 기다린다. 강릉에 사는 연옥이, 서울 사는 현자, 매현이, 윤섭이가 내려오고 원주 사는 옥재, 정희, 병례가 모여 '최윤정 할매 보쌈'으로 점심 먹으러 갔다. 생률과 콩나물 무침, 알싸한 풋고추와 마늘, 무말랭이 무침과 절인 배추와 상추 새우젓 쟁반만 한 보쌈 접시를 가운데 놓고 번개로 만난 열 명의 입담이 보쌈처럼 싸잡아 돌아간다. 웃느라고 바쁜 옥재와 나, 웃으면서도 간간히 이게 뭔가? 하며 의문에 정착한다.

점심을 먹고 가까이 있는 '박경리 토지 문학 공원'에 들렀다. 여러 번 갔었지만 제대로 듣지 못했던 안내원의 설명과 15분 영상을 보고 5층 건물에 진열된 자료를 관람하고, '박경리'씨가 생활하던 주방에 들어가니 서쪽 창가에 햇빛이 가득 밀려든다. 작가는 식사 시간이 항상 외로웠다고 한다. 외출 시에는 항상 자물쇠를 잠그고 누구도 들어오는 것을 막았다는 집필실, 자주 왕래하였던 박완서마저도 보여주지 않았다는 집필실은 거실 한쪽에 있는데 아늑하고 차분하다.

사위인 김지하의 투옥으로 어린 아들을 데리고 고생하는 딸이 사는 원주에 오게 되었다는 박경리의 삶. 그 당시 외지던 단구동 집 뜨락에 나무를 심고 냇가에서 돌들을 배낭으로 져다가 깔았다는 비탈진 마당의 돌길과, 돌길 옆에 유난히 커다란 마로니에 한 그루가 서 있다.

나무 심는 것을 도와준 이웃 아저씨에게 수고비를 주었더니 끝내 받지 않아, 가지고 있던 천경자의 그림 한 점을 선물하였는데 지금 그 그림값이 하늘을 찌른다고 했다.

오월의 긴 해가 뉘엇 할 때 원주역 앞에서 칼국수로 저녁을 때우고 기차를 타고 떠나는 친구들을 배웅하고 나니 날이 저문다. 서늘하게 스치는 오월의 바람을 온몸으로 느끼며 집으로 가는 교동 초등학교 옆을 지나 비탈길을 오르는데 보름이 가까운 만삭의 달이 얼굴을 불쑥 내민다. 높은 담장에 층층나무, 단풍나무, 라일락 꽃가지 뒤에는 볼이 미어지도록 부풀어 오른 불두화까지 덜 부픈 달빛에 드리워 바람에 흔들린다. 그냥 갈 수 없어 발길을 돌려 5월의 멋진 밤풍경을 스마트폰에 서너 장 담았을 때다.

볼이 미어지도록 부풀어 오른 불두화까지
덜 부픈 달빛에 드리워 바람에 흔들린다.
—

"나도 한 장 찍어 줘요"

어둠 속에서 난데없이 굵직한 남자 음성이 내 몽환 속으로
침입한다. 순간 정신은 번지점프를 탄다. 5월의 멋진 밤은 순

식간에 고공 낙하로 지면에 떨어진다. 후당당둥당거리며 벌렁거리는 가슴으로 캄캄한 학교 마당을 지나갈 자신이 없어 학교 경비실로 들어갔다. 수많은 생각들이 배배 꼬이며 돌아간다.

'능치자, 능치자'

말 때문에 정들고 말 때문에 정 떨어진다. 정드는 말만 골라 쓰노라면 있는 속 다 훑어 내던져야 하지 않던가? 받아치고 내지르고 넉장거리하고 싶을 때가 어디 한두 번이었을까! 버캐져 있는 서운함을 흔들어 이류 속에 둥둥 띄워버리며 살아온 세월이 시위가 되었다.

애옥살이(가난에 쪼들리는 고생스런 살림살이)도 아니었지만 요족(살림이 넉넉함)하지도 않았던 세월 속에서 당약(그 병에 딱 들어맞는)으로 살아낸 시간들, 스스로 마음을 얼르고 추슬러서 이내(해질 무렵)에 들었는데 나는 아직도 무싯날(장이 서지 않는 날)처럼 살지 못하고 서운함에 탈기(脫記)하고 있다.*

　그래! 이런 것들이 살아 있음이야. 이윤기는 죽음의 신이 찾아오는 시간이 되자 거리에 나가 "한 사람이 나에게 15분 씩만 나눠주시오" 하며 생명을 구길하고 싶다 하지 않았던 가. 통곡의 울음소리가 행복하게 들리던 병원 침상 위에 날들을 생각한다. 질투도 건강해야 느낄 수 있는 감정인 것처럼 서운함이 병들음보다 나은 것이니 살아 있어서 건강해서 느끼는 감정이라 생각하면 5월의 멋진 밤에 나를 황당하게 만드는 이런 일쯤이야 고마운 마음으로 받아들이자.

　'도'란 날마다 덜어내는 것이고 무위·무불위를 메모하며 시작한 아침부터 저녁이면 이렇게 어처구니없는 일이 닥치는 생소한 날이니, 5월의 봄밤이 부른 달빛의 어처구니로나 받아들이는 수밖에.

---

* 이윤기의 산문 중에서

쿵짝쿵짝 이웃집
고추 심기

산수골 표고 농장 들어가는 입구에 김씨네 시양답*이 있다. 그 시양답은 시아버님 생전에 우리 집에서 농사를 지으며 그 땅을 부쳐 먹는 대가로 해마다 시월에 시양을 차리는데 차례상에 떡이며 과일들을 한 자가 넘도록 괴어야지 한 자가 모자라면, 김씨네 문중들에게 나무람을 들을 것을 각오해야 하고, 그러자니 음식을 푸짐하게 한 자가 넘도록 목판 위에 괴어야 했던 농토였다.

김씨는 벌써 몇 년째 요도를 옆구리로 내놓고 살면서 마을 회관에 나와 시간을 보내며 지내 왔는데 요즘 들어 부쩍 병원 출입이 잦아졌다. 길가에 있는 김씨네 시양답*은 제법 넓은 밭과 길쭉하게 생긴 밭이 산비탈에 길게 누웠다.

너나없이 바쁜 파종 시기에 김씨의 부탁이 아니라도 풀 많은 시양답을 트랙터로 한나절 들척거려놓고 한 귀퉁이에는 고추를 심을 고랑을 만들어 망을 치고 비닐을 씌워놓았는데 오늘 새벽 지나다 보니 고추 모판들이 쌓여 있다. 지팡이를 짚고 걸음도 간신히 걷는 김씨 부부가 저걸 어떻게 심으려나?

비움하게 날이 샐 무렵 농장에 가서 밥솥에 쌀을 앉혀놓고 하우스 안으로 들어가 감자 밭골에 실하게 자란 풀을 부지런히 김을 매어주고 나니 느직한 아침 시간이 되었다. 조반상에 마주앉아 아침을 먹던 남편이

"여보, 우리 김씨네 고추 심어줄까?" 한다.
"그래요! 남들은 여기저기 돌아다니며 봉사도 한다는데, 우리 일도 많지만 이웃집 고추부터 심어줍시다."

주섬주섬 그릇들을 자싯그릇에 집어넣고 기꺼이 우리 부부는 이웃댁 밭에 고추 심을 준비를 했다. 수도꼭지에 고무호스를 꽂아놓고, 농장 여기저기 뒹구는 호스들을 있는 대로 끌

어다 연결하고 커다란 고무 통에 놓고 물을 튼다.

경운기 소리가 탈, 탈, 탈 들린다. 돌려다보니 아픈 김씨가 마나님을 경운기에 태우고 오고 있다. 때 이른 뙤약볕에 바싹 마르고 있을 고추 모가 걱정이 되어 서둘러 나오는 중이다.

굽은 허리로 경운기에서 내린 김씨의 아낙네가 나무 말뚝을 쥐고 쩔룩쩔룩 고추 두럭으로 다가선다. 말뚝으로 고추 모가 들어 갈 수 있도록 구멍을 뚫으려는 참이다.

"가만 놓아두세요, 저희가 심어 드릴 테니 경운기에 기대서 구경이나 하세요."

김씨 댁은 어안이 벙벙하게 바라본다.

콩 심는 찌깨의 손잡이를 양손으로 갈라 쥐고 찌깨의 끝 부분을 고추 심을 자리에 꽂는다. 벌어진 찌깨의 몸통에 고추 포기를 놓으면서 둘로 갈라진 손잡이를 한곳으로 모으면 땅에 닿았던 부분이 벌어지면서 고추 포기는 땅속에 심어지고 찌깨만 옮기면 된다.

남편은 찌깨를 잡고 나는 고추 모판을 아름으로 안고 함께 마주서서 40cm 간격으로 고추를 심어 나가면서 찌깨로 땅을 찌르면 고추 모를 찌깨의 몸통에 놓고 한 걸음 또 한 걸음 발을 옮기면서 쿵짝, 쿵짝 심어나가는데 전화가 엉덩이를 문지른다.

"언니, 삼 분만 전화해도 될까요?"
"아니, 우리 일 분만 하자."

주고받는 통화 내용을 들으며 몸이 아픈 김씨가 하얀 웃음을 활짝 웃는다. 김씨의 아낙은 곰팡이 방지 농약 봉투를 들고 따라오면서 음식에 후춧가루 뿌리듯 심은 고추 모 뿌리에 사락사락 약을 뿌린다.
큰 고무통에서 철철 넘치는 물을 물조루로 퐁퐁 퍼다가 고추 포기마다 흠뻑흠뻑 물이 고이도록 부으면서

"아유, 우리 고추 심을 때 보다 물을 더 많이 주네."

해가며, 우리 고추 심을 때는 등짐으로 물을 져다가 심던

일을 생각한다.

　물을 다 주고 난 다음에는 또 부지런히 흙으로 고추 뿌리를 덮어 준다. 만들어 놓은 밭 두럭에는 다 심었는데 고추 모가 꽤나 남았다. 어느새 남편은 부릉부릉 기계를 몰고 오더니 걸음 한 포대 홀홀 뿌리고 그 위에 비료를 덧치고 두럭을 짓는다. 나머지 고추 모판이 다 없어지도록 간격을 좁혔다가 넓혔다가 하면서 두럭에 꼭 맞게 고추 심기를 끝냈다. 힘은 들지만 일할 수 있다는 사실이 더없는 고마운 시간이다.

---

* 시양답: 다른 집안의 문중 제사를 대신 지내주는 대가로 농사를 지을 수 있는 논

느티나무가 있는
집성촌의 택호들

　나의 고향은 배부른 산 아래 느티나무가 있는 양지마을
이다.

　양지마을에는 1960년대 말까지 집집마다 택호가 있었다.
세 아름이 넘는 느티나무를 중심으로 부채이댁, 팔송댁, 동골
댁, 금바댁, 제천댁, 그리고 만재네, 종구네, 정우네, 유선생님
댁이 살았다. 세 아름이 넘는 이야기를 가진 수령 불명의 느
티나무는 마을의 이야기를 모두 내장하고 있다. 우리 집은 부
채이댁으로 불렸다. 어린 날 나를 일찍 떠난 어머니의 이야기
가 듣고 싶을 때 나는 늙은 느티에게로 가서 느티나무가 들려
주는 이야기에 귀를 세운다.

팔송댁은 나이 열세 살에 전실이 둘이 달린 귀머거리 홀애비에게 시집을 왔다. 적삼 사이로 비죽이 늘어진 젖가슴에 언제나 갓난애가 매달려 젖을 빨았다. 팔송댁은 아이를 일곱이나 낳았다. 퉁퉁한 몸집에 땀방울이 송글송글 맺히던 팔송댁, 팔송댁이 시집오기 전에 살았을 팔송이라는 지명은 어디일까.

나와 동갑인 기엽이네 택호는 동골댁이다. 기엽이 새엄마인 동골댁은 잇바디가 가지런한 잇몸을 활짝 드러내며 웃었다. 동골댁은 잘 웃었지만 동골댁의 남편은 키가 크고 마른 얼굴에 슬픔이 있었다. 내가 시집을 오고 얼마 지나지 않아 기엽이가 죽었다는 소식이 들려왔다. 월남전에 참전했던 기엽이는 일부러 웃통을 벗고 열대 숲으로 뛰어나가 고엽제 비를 맞았다고 한다. 기엽이는 고엽제 후유증으로 죽었다.

얼개빗을 허리춤에 꽂고 민며느리로 들어왔다는 금바댁. 느티나무를 오른쪽으로 비스듬히 돌면 금바댁네가 있다. 금바댁은 둥근 얼굴에 눈이 시원했다. 오래도록 아기를 낳지 못하다 늦게 딸을 하나 낳고 귀한 대접을 받았다. 느티나무 아

래에서 놀던 아기가 넘어져 울면 아기 할머니는 아기를 들여다보며

"아유, 우리 애기 눈동자는 흑요석 같기도 하지."

흑요석은 용암이 굳어 생기는 검은 천연 유리인데 옛날의 할머니는 어디에서 흑요석이라는 보석의 이름을 가져온 것일까.

느티나무를 왼쪽으로 돌면 앞집은 만재네이고, 조금 언덕 위에는 종구네가 살았다. 종구네 다음은 정우네가 살고 더 내려가면 제천댁, 그리고 썩 떨어져서 행가리 쪽으로 유장근 선생님이 살았다. 유장근 선생님은 유일하게 마을의 유지 같은 분. 유장근 선생님을 부르면 괜히 어깨에 힘이 실리고 주위가 환해지는 밝음이 있었다. 아마도 나는 선생님에게 스승의 그림자도 밟지 않는다는 존경의 경외심을 품었으리라.

만재 아버지는 6·25 때 보도연맹을 했다. 아버지는 흥업 면사무소에 근무하던 공무원 신분으로 전쟁이 나자 인민군

을 피해 몸을 숨겼다. 아버지는 다락에도 숨고 뒤란 호밀밭에
도 숨고 배부른 산으로 들어가 바위 밑에도 숨었다. 만재 아
버지는 숨어 있는 아버지를 잡으려고 밤마다 각목을 질질 끌
고 불시에 집으로 들이닥쳐 어머니를 몸서리치게 했던 사람
이다. 만재 아버지는 9·28 수복이 되자 이북으로 넘어가서
소식이 끊기고, 우리 집과 만재네는 앞뒷집이지만 평생 말을
하지 않고 살았다.

종구네는 부잣집이다. 양지마을이 도드라진 곳에 기역자
목조 건물이 번듯하고 그 집의 대청에 앉아 밖을 내다보면 양
지마을 앞뜰의 논과 속개울가의 드문드문한 나무와 남녀산
의 모롱가지가 훤하게 내다보이고 풍광이 시원했다. 풍채 좋
은 종구 할아버지는 왜정 때 아들을 징용군으로 보내며 무운
장구를 빌어준다는 의미로 백 사람이 매어주는 매듭을 쥐어
보냈다. 백 사람이 매어준 매듭을 쥐고 징용으로 끌려간 종구
아버지는 끝내 돌아오지 않았다. 종구는 유복자다.

'정우네' 하면 정우 아버지의 훤칠한 키와 정우의 하얀 얼

굴이 떠오른다. 힘이 좋은 정우 아버지는 봄철이 오면 일 년 내내 동네의 신일꾼으로 뽑혀 다니며 마을의 힘든 일을 도맡아 했다. 우리 집도 정우 아버지를 불러 논과 밭을 갈기도 하고 벼를 베고 타작을 했다. 신일꾼은 먹음직스럽게 밥과 참을 먹고 거뜬하게 맡은 일을 해치우고 싫은 내색을 하지 않아 마을 사람들의 신임을 얻었다.

제천댁은 곱슬머리를 곱게 빗어 쪽 찐 머리에 얼굴이 고왔다. 두루마기가 잘 어울리는 제천댁 아들인 명우 오빠, 명우 오빠가 두루마기 자락을 휘날리며 산 모롱가지를 돌아오는 모습은 눈에 선하다. 그 시절에 공부를 잘해 명문인 고려대에 입학해 마을을 술렁술렁 하게 만든 명우 오빠. 나는 술렁거리는 이야기 틈에서 세상의 커튼을 빼꼼하게 조금 열어보던 때이다. 그런데 이사 온 지 한 해가 지나자 제천댁이 세상을 떠나고, 얼마 후 제천댁보다 더 고운 아주머니가 들어와서 아들을 낳고는 또 세상을 떠났다. 제천댁이 떠나도 택호는 여전히 제천댁이다.

부채이댁은 나의 어머니다. 내가 여섯 살 되던 설날 아침, 부채이댁이 돌아갔다. 어린 나는 마당가에서 상여 꾸미는 구경을 했다. 장례식이 끝나던 날 임지에서 늦게 돌아온 아버지는 "왜 죽지도 않은 사람을 산에 묻었느냐"며 상여를 붙들고 느껴 울었다. 삼우제 날 나를 등에 업고 부채이댁이 묻힌 산소를 떠나지 못해 돌아보고 돌아보며 울던 아버지도 가셨다. 먼 산에 산벚꽃 돌아온다. 청주 한씨 월탄파 집성촌이 모여 살던 양지마을에 봄이 가득하다.

청주 한씨 월탄파 집성촌이 모여 살던
양지마을에 봄이 가득하다.

뿌욱, 종자 마늘
만들기

입하가 지나면서부터 마늘종이 올라오기 시작한다. 마늘종이 올라오면 쭉 빠져나온 중간에 오톨도톨한 것들이 점점 자라 손가락에 반지를 낀 모습을 하고 있는데 그게 종자 마늘이다. 종자 마늘은 마늘종에 매달린 채로 밥풀만 하게 통통한 몸집으로 크면서 마늘이 여물어 캘 때까지 일생을 함께한다. 마늘을 캐고 난 후에 종자 마늘을 따서 부셔보면 반지만 한 크기에서 수십 갱이가 우르르 쏟아진다. 크기는 밥풀만 해도 유전자 모양이 그대로 있어 마늘의 형태가 완전하다.

밥풀만 한 씨앗을 심어서 일 년 키우면 도토리나 작은 알밤처럼 동그라니 예쁜 한 알의 씨앗이 된다. 그것을 다시 심으면 두 쪽으로 갈라지고 두 쪽짜리를 다시 삼 년차 심으면

네 쪽으로 갈라진다. 그 씨앗을 다시 심어서 드디어 육쪽마늘을 생산하여 판매를 한다. 시중에서 마늘을 살 때, 열두 쪽, 혹은 열다섯 쪽처럼 수가 많은 것들은 아마도 종자 개량을 하지 않고 계속 연이어 심어서 그런 모양이 나올 것이다.

마늘을 굵게 키우고 싶으면 마늘종이 올라오는 대로 부지런히 뽑아주어야 한다. 마늘종을 뽑지 않으면 종자 마늘을 키우는 대로 영양 공급이 집중되느라고 마늘이 굵어지지 못한다. 아침마다 마늘종을 뽑지만 그래도 돋아나는 것들이 있어 마늘을 캘 때까지 종자 마늘이 달려 있는 마늘들을 뽑아 보면 대궁은 튼실하고 마늘은 홀쪽하여 모태 유전자의 모든 것을 다 주어 씨앗을 키운 모습이 확실하게 보인다.

마늘종을 뽑아 보면 뽑는 일이 그렇게 녹록지를 않다. 아침 이슬이 마르기 전에 뽑아야 한다는 말도 있지만 아무리 새벽부터 뽑아 보아도 툭툭 끊어지기가 일쑤이다. 바늘로 침을 놓으면서 뽑아야 한다지만 그것 또한 확실한 방법이 못되었다. 작년부터는 마늘종 뽑는 기계가 나왔다. 그러나 그 기계를 쓰다 보면 마늘 몸통이 뭉텅 잘라지기도 한다.

뿌~욱 소리가 나면 온전하게 뽑히는 소리이고 툭하면 끊어지는 소리이다. 하나하나 뽑을 때마다 집중하여 정성을 다하고 마음을 조여 보지만 툭툭 하는 소리는 언제나 마음을 친다.

10월 20일을 넘지 않게 종자 마늘을 심으면 꼭 속눈썹 닮은 싹이 올라온다. 그 모양은 무척 사랑스럽다. 잦은 고랑에 훌훌 뿌려 놓은 종자 마늘은 모두 일시에 싹이 터 자라며 실바람에 구름처럼 흔들리다가 한 뼘만큼 지나 더 자라면 그제야 나도 마늘이야 하는 모습으로 넙데데한 잎을 자랑한다.

수확한 마늘들을 그늘에 죽 펴서 널어 말리며 새끼줄로 꼭꼭 엮어 매달아 놓는다. 더러는 마늘장아찌를 담기도 하고 흙을 탈탈 털어내고 깨끗하게 손질해서 압력솥에 넣어 보온으로 10일~15일을 놓아두면 흑마늘이 된다. 까맣게 흑마늘이 된 마늘의 맛은 마늘 냄새는 나지 않고 단맛을 강하게 가지고 있다.

🌲

이게 썩은 게
아니거든

가을에 캔 감자를 겨우내 저장하려면 땅을 깊이 파낸 구덩이에 넣고 그 위에 겅그레를 얼기설기 지른 다음 흙을 두껍게 덮어야 한다. 감자 구덩이 안에서 겨울을 보낸 감자는 봄이 되어 구덩이를 헤치고 꺼냈을 때 갓 캐어낸 감자처럼 껍질이 탱탱한 채로 대글대글하고 단맛이 짙다.

땅속 구덩이에 넣지 않고 건천의 아무 그릇 속에서나 겨울을 보낸 감자는 백 살 넘은 주름살을 달고 노인네 몰골을 하고 있다. 이런 우굴쭈굴한 못난이 감자의 껍질을 벗기는 일은 별 것 아닌 일이지만 무척 힘이 든다.

깎아 놓은 감자는 공기 중에 하얀 속살을 드러내는 순간부터 소소한 변화를 일으킨다. 감자의 하얀 속살이 노출되는 순간부터 붉으죽죽하다가 새카맣게 볼썽사나운 꼴이 된다. 이 과정이 감자의 속살이 공기와 접촉되면서 산화되는 과정이다. 볼썽사나운 꼴이 되기 전에 얼른 물에 담그면 된다.

밭에서 감자를 수확하면 우선 선별을 한다. 가장 굵은 것, 큰 것, 중간 것, 작은 것, 아주 작은 것, 캐다가 호미 끝에 상처를 입은 것 이렇게 여러 층으로 골라 놓고 우선 상처받은 감자를 제일 먼저 먹는다. 아주 자잘한 것과 상처가 심한 감자들은 깨끗하게 씻어서 항아리에 담아 썩힌다.

한여름에 감자가 썩는 냄새는 온 동네를 휘젓고 다닌다. 다 썩었다고 생각될 때 녹말을 빼기 위해 거르는 작업을 할 때는 정말 괴로운 작업이다. 썩은 감자를 거르고 나면 그 고약한 냄새가 손에 배어서 며칠 뒤까지 이어진다.

하루에 대여섯 차례씩 물 갈아주기를 한 열흘은 하다가 날이 좋은 날을 택하여 녹말가루를 짜 낸다. 그것도 착 가라앉은 녹말 위에 매가리 없이 흐늘흐늘 흔들리는 부분은 따로 자루에 담아 물기를 짜고 딱딱하게 가라앉은 부분도 따로 자루에 담아 물기를 짜면 딱딱한 부분의 녹말은 눈이 부시게 하얀 색이 되고 흐늘흐늘 흔들리던 부분의 녹말은 거무틱틱한 색이 된다.

어쩌다 겨울에 감자가 얼어버리면 언 감자도 녹말을 만드는데 얼어버린 감자의 녹말 색은 새카만 색이다.

감자 범벅, 감자 옹심이, 감자 마구설기, 감자튀김……

감자를 깎아 놓으면 시간이 좀 지나 변하는 줄도 모르던 사람, "이게 썩은 게 아니거든" 변명 아닌 변명을 해가며 손주들에게 색이 변한 감자를 구워 주었다는 그 사람.

주홍부리새
일가

머쓱하게 우뚝, 뚱뚱하게 서 있는 우사 안에, 널빤지로 지은 열서너 평의 방. 그 허술한 지붕 위의 어느 구석에서 꽥꽥꽥꽥…… 난데없이 개구리 소리가 며칠째 자신만만하게 운다.

한낮 오후 개구리 소리를 찾아 사다리를 들어다 기대놓고 이 구석 저 구석 아무리 살펴보아도 통 기척을 찾을 수가 없다. 더 긴 사다리를 끙끙대며 옮겨다 놓고 살펴보아도 없다.

남편에게 말을 하면 아무래도 그들의 보금자리가 들통 날까 봐 혼자서만 궁금해했다. 갓난아기 잠자다가 깨어나 보채는 간격으로 띄엄띄엄 들리는 개구리 소리를 들으며, 초록이 풍요로운 여름날을 보내는 중이었다.

보잘것없는 한 칸의 집이지만 나에게는 알람브라 궁전 같은 방안에 앉아 동쪽 창문을 바라보면 뼈대만 앙상한 우사로 부터 방으로 이어진 전깃줄이 바람에 건들건들 만취 상태로 늘어져 있다.

　까만 전깃줄 위에 늦은 봄날 언제부터인가 주홍부리새 한 마리가 가끔 앉아 휴식을 취하는 모습이 눈에 띄었다. 몸통은 까치보다 조금 통통하고 길이는 조금 짧은 연검정색을 띤 새는 4cm 정도의 주홍부리를 갖고 있었는데, 그런 새는 처음 본다.

　전깃줄에 앉았다가 창문가로 오다가 사라지는 모습을 보면 아무래도 우사 지붕 바로 밑에 깔린 보온 덮개 틈새에 가족을 늘리는 것이 분명했다. 나는 이름도 모르는 주홍부리 아기새의 노래가 날 때를 기다리며 방안에 앉으면 창밖의 전깃줄을 바라다봤다.

　할미새가 장화 속에 둥지를 틀고 알을 낳아 품고 앉았었다. 먹이를 물어다 먹이는 모습을 가만가만 지켜보며 다 키워서 나는 법을 교육시키느라고 하루 종일 찍째그르르 하던 모습을 숨어서 지켜보았듯이 주홍부리새의 교육 방법도 지켜보고 싶었다.

주홍부리새가 분주하게 창문 위로 드나들다 전깃줄에 앉아 휴식을 취하고 있을 때, 저만큼서 까치 한 마리가 날아오더니 우사 지붕 위에 앉아서 주둥이를 툭툭 부딪치며 좌우로 고개를 휘젓는다.

잠시 뒤에 주홍부리새의 곁으로 5~6m 사이를 두고 사뿐 다가앉더니 먼 하늘을 한동안 바라본다. 그러더니 사뿐히 뛰어 올라 주홍부리새 옆으로 더 가까이 앉았다. 까치는 능청을 떨듯 자세를 몇 번 앞뒤로 바꿔 앉기도 하고 주둥이를 전깃줄에 부비기도 하고 고개를 끄떡이더니 껑충 뛰어 올랐다가 내려오며 주홍부리새를 공격했다.

주홍부리새는 부리를 쩍 벌리며 소리를 질러 대항을 하면서 훌쩍 날아 우사 지붕에 가서 앉았다. 그와 동시에 까치는 푸르륵 날라 주홍부리새를 쫓아가더니 다시 공격을 했다. 주홍부리새는 연신 대항을 하면서 요리 조리 공격을 피하여 앉다가 그만 멀리 날아갔다.

주홍부리새가 다시 오지 않는 것은 아닐까 염려하며 기다렸는데 며칠 후에 나타나 무척 반가웠다. 여전히 창문 위로 숨어들더니 어느 날은 무척이나 시끌시끌했다.

　꽥꽥이는 꽥꽥꽥꽥…… 주홍부리 식구들은 푸르륵 찍짹찌 짹…… 오후 내내 소란들을 떨었다. 혹시 물것들의 침입을 당한 것이 아닌가 염려를 하면서도 무사하기를 바랄 수밖에 없었다.

　며칠이 지나자 사방이 조용하다. 살가운 교육방법을 보지 못한 게 아쉽지만, 풍만한 초록의 품 안에서 저마다의 삶을 충실하게 살아가는 모든 생명들의 신비로움에 감탄과 감사를 느낀다. 얼굴도 모른 채 헤어진 주홍부리새 식구들의 떠드는 소리가 들리던 전깃줄이 오늘은 더없이 한갓지다.

띄엄띄엄 들리는 개구리 소리를 들으며,
초록이 풍요로운 여름날을 보내는 중이었다.

———

능머루 앞뜰,
하늘 도화지

아침 식탁에 차린 꽃무늬 밥공기에 김이 오른다. 소복하게 담긴 밥알 틈새로 삐끔히 고개를 내민 감자 사이로 김이 폴폴 오르는 모양은 햇살이 딜비쳐 올챙이 꼬리 살랑살랑 흔드는 모양이다. 올챙이 김이 올라가는 하늘 새파란 아침, 오늘 같은 날은 능머루 앞 공군 부대에서는 또 편대 연습 나오겠다.

내가 사는 아파트는 횡성 읍내가 모두 보이는 11층 전망대다. 눈앞에 펼쳐진 창밖 푸른 하늘 도화지에 커~다란 태극기 구름이 떴다.

'저게 뭐야?'

눈을 휘둥굴리며 소파 등받이에 팔을 걸치고 앉아 고개를 한껏 뒤로 제치며 하늘을 바라본다. 구름 태극기 모양이 지워질쯤 귀를 찢는 굉음을 쏟아내며 동쪽과 서쪽에서 네 대씩 나타난 공군 비행기는 입맞춤하듯 가까워지더니 북쪽으로 나란히 방향을 바꿔 간격을 넓혀가며 일제히 꼬리에서 색색의 구름을 내뿜으며 나른다. 색색의 꼬리 구름은 여덟 줄로 나란하다가 차차 간격이 넓어지면서 하늘 가득 크리스마스트리를 그린다. 흩어졌던 여덟 대의 비행기는 멀리 사라졌다가 한대씩 나타나며 덕고산 기슭에 구름 폭탄을 날린다.

6·25 피난 시절, B-29의 공습을 직접 보았던 나의 눈에는 공군 부대가 편대 연습으로 그리는 저 하늘 그림이 폭탄이 터지는 것 같아 순간 가슴이 웅크려든다. B-29의 공격이 있던 날 언니와 함께 심부름을 가다가 비행기의 폭격에 놀라 누렇게 익어 바람에 일렁거리는 밀밭 속으로 뛰어들어 엎드려 있으면 비행기가 머리 위를 지나갔다. 무서움에 간이 콩알만 해져 언니를 꼭 부둥켜 안고 숨어 있던 어린 날, 하늘 도화지에 그리는 공군 부대 그림을 보면 그때가 생각난다.

사라졌다가 다시 한 대씩 나타나는 여덟 대의 비행기들은 양쪽 간격을 맞추어 가며 뒤집기의 재주를 부린다. 부침개 뒤집듯 쉽게도 뒤집는 공군의 기술, 저 파랑 하늘에 마음대로 그림을 그리는 공군의 기술, 오늘은 저 너른 하늘에 태극기를 그리고 크리스마스트리를 그린다. 공군의 어느 조종사는 자랑스러운 태극기를 가슴에 품고 크리스마스의 약속을 하늘에 새기는 것일까? 하늘로 치솟아 올라가는 비행기의 날개는 밝은 햇살을 반사시켜 순간 눈을 뜰 수 없게 한다.

아침 밥상 위에 꼬물꼬물 올챙이 꼬리 김이 오르는 날은, 능머루 앞뜰에 있는 공군 부대에서 비행 연습 나온다. 횡성읍 언덕 위에 11층 아파트에 살며 누구도 못 보는 비행기 쇼를 거실에 앉아 넓은 창밖으로 넋을 잃으며 보고 있다. 이생이 극락이다.

눈앞에 펼쳐진 창밖 푸른 하늘 도화지에
커~다란 태극기 구름이 떴다.

—

어어잇, 어잇,
못줄을 넘겨라

운김이 훅훅 올라오는 칙칙한 날씨다. 한참 열기에 차 쑥쑥 자라고 있는 버덩 마을의 논 위를 50여m 상공에서 경비행기가 지그재그로 돌고 또 돌며 뿌연 기체를 내뿜는다.

덜커덩거리는 소리에 내다보니 포장을 둘러친 1톤 트럭이 문 밖에 도착했다. 두 청년이 차에서 내리더니 트럭의 포장을 걷어내고 비행기 한 대를 덜렁 들어 논두렁에 내려놓는다.

청년들은 20리터의 농약을 비행기 몸통에 쏟아 붓고, 리모콘으로 비행기를 작동시키자 경비행기는 "부~웅" 하고 고운 소리를 내며 살그머니 논두렁을 날아오른다. 조붓한 봉재골 다랭이 논에 앞뒤로 돌고 좌우로 돌며 돌리고 돌리고 안개가 피어오르듯 농약을 뿌린다.

농약을 풀어 담은 커다란 플라스틱 통을 경운기에 싣고 탈, 탈, 탈, 탈 소리를 내며 길고 긴 호스와 함께 논두렁에 세워놓고 한 사람은 호스 끝을 잡고 논으로 들어가서 왔다 갔다 할 동안 또 한사람은 논두렁에 서서 서리서리 감겨 있는 호스를 풀었다가 거두어들이는 작업을 뜨거운 햇볕에 얼굴을 익혀가며 해가 저물도록 하던 시간이 문명 속에 영원히 덮이는 순간이다.

70년대에 모심기 할 때는 논 양쪽 가장자리에서 일꾼이 못줄을 잡고 논 가운데에서는 수십 명의 일꾼이 나래비로 서서 종아리에 거머리 붙는 줄도 모르고 간격을 맞추어 한 줄 심으면 "어어잇" 하며 큰 소리로 신호를 보내면 맞은편 모줄잡이가 그 소리를 받아서 "어잇" 소리와 함께 줄을 넘기고 한 줄 심으면 또 다시 줄을 넘겨가며 온 들판을 파랗게 모를 심었다.

심어놓은 모가 모살이를 하고 나면 아이 벌 논매기를 하느라 흰 중우 잠뱅이를 입은 남자들이 이 논 저 논 에서 왔다 갔다 하는 모양은 황새가 먹이 찾아다니듯 장관이었다. 논매기를 하다 보면 모가 오금 아래 차오른다. 뒤이어 두 벌 논매기를 하고 또 다시 곱돌아 세 벌 논을 매다 보면 키가 자라난 모들은 흰 중우 잠뱅이 황새 일꾼이 엎드렸을 때 가슴을 훌쩍 넘게 자란다.

세 벌 논매기를 하거나 피사리를 하고 들어오는 할아버지의 두 팔과 정강이는 벼 포기가 쓰석거려 상처투성이었다. 어느새 뜨거워진 햇살 아래 삐죽삐죽 벼 이삭이 올라오며 초록이 짙어지면 검푸른 들녘은 후끈후끈 입김을 내 뿜는다. 삼복을 지나면서 온 가으내 피살이를 해주어야 논이 깨끗하게 벼 이삭만 익어 갈 수 있다.

겨우 몇 십 년 전 일이었는데 지금은 아이 벌, 두 벌, 세 벌 논매기는 논을 갈아 엎을 때 제초제로 대신하고 더 쉽게 농사를 지으려고 바로 대문 밖에 경비행기가 내리고 제초제와 방충제를 뿌린다. 비행기가 농약을 뿌리고 얼마 지나면 벼가 패기 시작한다. 벼가 너무 웃자랄 때는 억제제를 뿌려주고 벼이삭이 나올 때쯤이면 이삭거름을 준다. 이삭거름을 주고 나면 수확량이 올라가고 한 해의 논농사가 일답지도 않게 끝이 난

다. 모 심을 때는 수십 명의 일꾼들에게 밥을 짓지 않아도 된
다. 타작을 하려면 새벽 두 시에 일어나 술국을 끓이지 않아
도 된다.

모를 심으려면 이양기를 가진 사람에게 날짜를 정하여 그
날 중 어느 시간이든지 와서 순식간에 심어놓기 때문에 밥 먹
을 시간도 없다. 타작을 할 때는 모를 심을 때와 같이 벼 베
는 기계를 가진 이에게 전화를 걸어 기계주인이 편리한 시간
에 아무 때고 논에 들어가 벼를 벤다. 벼는 베어지면서 자루
속으로 들어가고 볏짚은 소먹이 감으로 둘둘 말아 엔실러
지로 만들고 그렇지 않으면 제바닥에 거름으로 쓰기 위해 잘
라놓는다. 벼 베기가 끝나면 바로 농협으로 싣고 가서 무게
를 달아 매상까지 하여준다. 참 싱겁기 짝이 없는 농사일이
다. 막걸리 한 사발에 목청을 돋궈 "어어잇, 어잇" 하며 신명
이 나서 못줄을 넘기던 모줄잡이도 없고 흰 중우 잠뱅이의 정
강이가 다 젖도록 황새같이 피살이를 하던 할아버지도 안 계
신다. 옛날은 사라지지 말아라!

모들은 흰 중우 잠뱅이 황새 일꾼이
엎드렸을 때 가슴을 훌쩍 넘게 자란다.

도둑에 대한
예의

춘천에서 고등학교 추첨제 입학이 처음 실시되어 뺑뺑이를 돌리던 해였다. 공부를 곧잘 하는 아들애의 진학을 놓고 운에 맡긴다는 게 싫어서 살던 집을 팔고 강릉으로 이사 가기로 결정을 내렸다. 살던 집을 팔았다. 잔금을 받아 은행 계좌로 입금하고 시어머님이 학교 다니는 조카들을 데리고 있는 단칸방에 끼어 하룻밤을 지내게 되었다.

오른쪽에는 조카딸 인숙이가 자고 왼쪽에는 두 조카가 눕고 어머님이 문가에 누우셨다. 이불 두어 채에 다섯 식구가 발을 디밀고 누우니 자연스럽게 방안 가득 둥근 모양이 되었다. 강강술래 하듯이 둥글게 붙어 누워서 잠이 들었다.

잠결에 어머님의 놀란 목소리가 들렸다.

"누, 누구요?"

잠에 취해 눈을 뜨니 어떤 사람이 나를 가로 타고 서 있었다.

무심결에 오른쪽 팔을 더듬거려 조카딸 인숙이를 만져보니 자리가 비었다.

"인숙이지요 뭐, 어머니 인숙이에요. 걱정 말고 주무세요."

말이 끝나기도 전에 잠이 들었다.

혼몽한 잠결에 어머님의 놀란 소리가 또 들렸다.

"누구냐? 누구여?"

눈도 뜨지 않은 채 오른쪽을 더듬으니 이번에는 인숙이가 손에 잡혔다.

"인숙이예요, 인숙이가 뒷간에 갔다가 들어왔어요"

정신없이 세상 모르고 자고 있는데 어머님이 부르셨다.

"얘! 애미야, 좀 나와봐라, 이거 네 가방 아니냐?"

벌떡 일어나니 문살이 훠~언 했다. 강릉 넘어갈 차비 이천
원과 동전까지 탈탈 털린 손가방이 오랍뜰에서 입을 떡 벌리
고 나자빠져 있었다. 집 판 돈을 알고, 잠자는 집까지 덮쳤으
니 아는 사람의 소행이겠으나 강릉 가는 차비만 털린 셈이다.
무심이 나를 살렸다

콩꼬투리 속 콩알들의
아비규환

하루가 멀다 하고 비가 내리던 올 여름 날씨는 가을까지 이어졌다. 서리태 콩 줄기들은 제 몸 자라기에 적당한 온도와 습도 덕분에 쑥쑥 잘도 자란다. 콩 섶은 한 길이 넘어도 제 키 다 자란 줄도 모르고 날마다 겉자란다. 예초기 날 세워 우듬지만 남기고 몽땅 잘랐지만 며칠 지나자 계속 비가 내리는 장마 통에 언제 잘라 주었냐는 듯 콩 섶이 또 무성하다. 장마철이 지나고 가을인데 비는 계속 오고 태풍이 두 차례나 지나갔다. 서리태 콩섶은 무성하게 자라나 이제는 서로 몸을 기대며 얼크러지고 설크러져 온 밭고랑이 서리태 잎으로 덮여 바람에 일렁거린다.

한로가 지나 상강이 가까워지는데 서리태는 언제까지 콩 섶만 키울 것이냐. 언제 콩알을 다독일 것이냐. 저렇게 키만 키우다 콩알이 여물 시간을 놓치고 간밤에 내린 무서리에 콩 잎은 퍼렇게 질려 버렸다. 비가 내린다고 콩잎이 콩알 생각을 못했으니 이건 콩 뿌리의 생각일까? 콩잎의 어깃장일까? 하여간에 연일 내리는 비가 문제다. 뜨거운 물세례를 받은 듯 퍼렇게 질린 잎들을 바삭바삭 떨구던 콩 섶을 그대로 버리지도 못하고 뽑지도 못 한 채 생각의 왕래만 분주했다.

서리태 서너 가마니는 족히 되었을 콩 섶을 거두어 이틀 동안이나 탈곡기에 털었지만 콩깍지만 산더미로 쌓이고 콩 알이라고 떨어지는 알갱이는 겨우 한 가마니도 채 되지 않았다. 제대로 된 콩 알갱이는 오다가다 섞여 있고 물에 불렸다가 건진 듯이 쭈글쭈글한 살갗이 노인네 주름살을 접고 있다.

수많은 콩알들 속에 온갖 벌레들의 미라가 뒤섞여 나왔다. 누리퉁퉁 뜨물에 불다가 마른 놈, 납작하고 둥근 놈, 살갗이 찢어진 놈, 부서진 놈, 구멍 뚫린 놈, 벌레에게 먹히다 만 놈,

기다란 놈, 일그러진 놈, 몸에 구멍이 나 있는 놈, 삼각형이 되어 있는 놈, 눈망울 또렷하니 쏘아보는 놈. 둥근 근육을 드러내고 말라 있는 놈, 반들반들 하고 새까만 코인지 입인지를 야무지게 내 보이는 놈, 구부정한 놈, 그중에는 육신이 사고를 당한 놈도 있었다.

멀쩡한 콩을 골라내기 위해 둥그런 상 위에 콩을 펴 놓고 콩 고르기를 하면서 아비규환의 삶을 들여다본다. 푸른 줄기 속에서 편안한 하루하루를 보내는 줄로 알고 있었더니 각자 제 몸을 키우기 위해 알알들이 얼마나 많은 햇빛을 필요로 했을까를 더듬게 되었다. 그토록 갖가지 모양으로 한 해의 생을 살아낸 콩알들을 보면서 계속되는 우기에 얼마나 간절하게 햇빛이 비추기를 바랐을까. 콩알들의 고통의 참담이 그대로 전해진다.

창밖의
남자

며칠째 영 못마땅한 얼굴을 하고 있는 하늘이다. 거실에서 내다보면 허리띠처럼 쌓은 앞내 개울 제방이 보이고 그 개울 건너에는 남산마을이 다정하게 앉아 있다. 남산마을 뒤로 송호대학교를 품고 있는 남산이 보이고 남산 뒤에는 덕고산이 누워있다. 서편으로는 성동초등학교 운동장이 보이고 주변에는 아기자기하게 집들이 키재기하듯 횡성 시가지가 나지막하게 한 눈에 들어온다.

느즈막이 아침 식탁에서 일어서는 남편에게 "사과 하나 꺼낼까요?" 하며 고개를 처드는데 십이 층 창밖에 한 남자가 동아줄에 대롱대롱 매달려 있다. 순간 흠칫 놀란다.

그 사람은 공중에 매달려 편안한 거실 의자에 앉은 표정으로 두 무릎을 늘어뜨리고 앉을개 양옆에는 페인트 통이 달려 있다. 두 손은 부지런히 큰 붓을 들어 페인트를 듬뿍 찍어 아파트 벽 사이의 잔금을 지우고 있었다. 그 사람에게 차 한 잔 주고 싶어 서둘러 가스 불에 물 주전자를 올린다.

"커피 한 잔 하고 내려가세요" 하다가

"뜨겁지 않게 빨리 마실 수 있게 할게요" 했더니

"뜨거운 시간만큼 좀 쉴 수 있겠지요" 한다.

말을 주고받으며 사과도 하나 꺼냈다. 창밖의 남자는 십이 층 허공의 외줄에 매달린 채 커피를 마시며 사과를 어석어석 여유롭게 먹는다. 입술 끝이 귀에 걸린 그 남자의 얼굴은 푸르고 싱싱했다.

"사과 한 쪽 더 드릴까요?"

돌아보니 남편은 사분의 일 쪽을 건네고 적을 것 같아 나는 반쪽을 더 건넨다. 한 손에는 커피 잔을 들고 다른 손에는 사과 두 쪽을 포개어 받아 들고 공중에서 참 편안하게 휴식을 취하는 창밖의 남자.

선善의
부메랑

70년대 자전거포를 경영하는 남편의 친한 친구가 있었다. 어느 날 그 친구가 교통사고를 내고 합의금이 없어서 쩔쩔매는 것을 옆에서 보던 남편은 이리저리 돈을 주선하여 합의금을 마련해주었다. 그 친구의 아들애는 강릉에 있는 관동대학교로 진학하게 되었는데 형편이 어려워 남편은 우리 집에 친구의 아들을 데리고 있자고 해서 같이 지내게 되었다. 남편의 친구는 교통사고 합의금을 마련해주어 일이 잘 해결되어 고맙다며 시골에 있는 16만 평의 산을 남편에게 넘겨주었다.

우리는 그 산을 영림 계획서를 신청해 이듬해 간벌 계획을 세웠다. 그럴 즈음에 나라에서는 큰 산을 경계로 도립공원으로 지정하는 법령이 내려졌다. 우리가 넘겨받은 산도 그 법령에 해당이 되어 치악산 주변의 큰 산을 경계로 국립공원으로 지정되었다. 간벌 계획은 취소되었다. 국립공원 내에 사유재산을 갖고 있는 산주들은 주권 행사가 금지되었다. 제 산에 들어갈 때는 국가에 입장료를 지불하고 나뭇잎 하나 건드릴 수 없었다. 게다가 무용지물이 되어버린 산의 재산세를 납부하라는 고지서를 발부했다.

5년 동안 군말 없이 고스란히 재산세를 납부했다. 바보같이 고지서가 나오는 대로 꼬박꼬박 세금을 납부하다가 생각해보니 '사유재산인데 왜 국가에다 세금을 지불해야 하는가?' 이의 신청을 제기하였다. 이의 신청이 받아들여져 세금 고지서는 더 이상 발부되지 않았지만 국립공원 안의 사유재산인 16만 평의 산은 그림의 떡으로 멀리 바라보기만 했다. 세 아이들 학비가 버거울 때나 살다가 궁할 때면 멀리 보이기만 하고 가보지도 못하는 그 산이 가슴 속에 애물단지가 되어 고개를 쳐들곤 했다.

2007년 여름 어느 날, 외출에서 돌아와 보니 국립공원 내에 땅값을 찾아가라는 통지가 와 있었다. 생전에 그 산에 대한 소식을 받지 못할 줄만 알았던 우리에게 호박이 넝쿨째 굴러 들어온 기분이었다. 고지서를 들고 그길로 홍천산림조합으로 달려가 절차를 밟았다. 현 시가의 십 분의 일도 되지 않는 금액이지만 삼 분의 일을 세금으로 내고 지금 사는 아파트를 장만하는 밑천이 되었다. 30년이 훨씬 지나서야 남편이 행한 선행의 부메랑이 집으로 돌아왔다.

내 안에는 무엇이 꿈틀대는 것일까?

2

내 안에는 무엇이
꿈틀대는 것일까?

.

내 안에 무엇이 들어앉아 있는지 눈 부릅뜨고 찾아내고 싶다.

혼자 먹은 밥그릇 싱크대에 넣어놓고 풋고추조림, 고사리나물, 오징어볶음 한 저붐씩 넣어 볶음밥 만든 프라이팬 쟁반에 앉은 채 식탁 위에 그대로 놓아두고.

쫙 펴놓은 신문지를 문진으로 눌러놓고 찌깨와 망치로 호두를 까려고 두들기다 보니 호두껍질은 두들겨 맞은 후 튀어 달아나 식탁 다리 뒤에 숨고 TV 아래로 몸을 감춘다. TV 옆에는 《중앙시조대상 수상작품집》, 《모든 가능성의 거리》, 《그늘과 사귀다》, 《광장》, 《구운몽》이 널부러져 있다.

책상 위에는 '법화경'을 쓰던 노트가 수시로 손을 타다 다른 노트에 자리를 내어주고 있는 귓가에 〈나는 가수다〉의 노래가 흐른다. 옥주현이 혼신으로 부르며 자막으로 나오는 가사 '걷다가 지친 네가 나를 볼 수 있게……'는 그녀가 입은 은색 드레스 속에서 울려 나온다.

가지런한 이빨을 드러내며 애써 예쁘게 보이려고 웃는 얼굴로 박수를 받으며 퇴장하고 박정현이 환호를 받으며 무대에 오른다. 볼 때마다 깜찍한 무대 의상과 조금은 서툰 우리말 발음의 그녀는 열창이 대단하다. BMK가 붉은 상의에 풍만한 젖무덤을 흔들며 마치 세상을 점령할 듯 춤과 노래로 무대를 휩쓴다. '난 차라리 웃고 있는 피에로가 좋아…… 뺨…… 빠라 뺨…… 관중들이 함께 예…… 피에로가 좋아'를 합창한다.

허스키 한 목소리를 가진 장혜진은 한 장르에 국한하지 않는다. '아, 나의 곁으로 다시 돌아올 거야 그러나 그 시절에 너를 또 만나서 다시 사랑할 수 있을까…… 많은 눈물을 흘리려나' 끊이지 않는 환호와 박수가 TV 화면에 가득하다. 장혜진이 내려가고 원미연이 올라오고 내려가고 가성의 대가 조관우가 올라온다. 조관우의 가성은 좀 부담스럽다.

밥 먹은 설거지도 하지 않고 아침부터 〈나는 가수다〉에 빠져 있다가 정신을 차려보니 떡가루 같은 눈이 창밖으로 하얗게 내려앉는다. 흰 밤이다. 저녁의 커튼이 덮이도록 〈나가수〉를 보고 있는 내 안에는 무엇이 꿈틀대는 것일까?

〈가요무대〉도 아니고 〈나가수〉에 빠진 너는 누구냐?

이제라도 내 안에 무엇이 들어 앉아 있는지 두 눈 부릅뜨고 찾아내고 싶다. '걷다가 지친 내가 나를 볼 수 있게, 아, 나의 곁으로 다시 돌아올 수 있을까? 그 시절에 너를 또 만나서 사랑할 수 있을까?'

TV 옆에 널브러진 빌려온 책들이 울상으로 나를 바라본다. 이영광 시집 《그늘과 사귀다》를 집어 들고 침실로 들어가 머리맡의 작은 등불을 켠다.

떡가루 같은 눈이 창밖으로
하얗게 내려앉는다.
흰 밤이다.

—

허공 위의
약속

　몇몇 친구들과 계절마다 한 번씩 만나는 모임을 만들었다.
서울, 원주, 강릉, 안양 등지에 흩어져 살아 대부분 원주나 강
릉에서 만났다.

　서울 터미널 8층에서 옷가게를 하는 친구는 항상 늦게 도
착하여 친구들로부터 쪼임을 당하지만 십수 년이 지나도 변
함이 없다. 모일 때마다 빠지지 않는 이야기는 언제나 어렸을
적 이야기로 낄낄거리다 성급하게 헤어졌다.

　오늘은 안양에 사는 연진이가 서울예식장에서 사위를 보
는 날이다. 원주에 사는 친구들과 기차를 타고 늦날처럼 쏟아
지는 빗속을 달려 예식장에 도착했지만 내리는 비는 조금도

비움한 시간을 만들지 않았다. 예식 시간은 가까워 오는데 뭔지 모르는 허전한 분위기가 날씨만큼이나 음산하게 돌고 있었다.

혼주 측의 식구들은 누구하나 미장원에 다녀온 사람이 없고 반반하게 화장한 사람이 없는 예식장은 허전하다 못해 삭막한 분위기였다. 야무지고 깨끗했던 평소의 연진이 모습은 간데없고 머리 모양새며 얼굴 표정이며 옷차림새가 영 허술했다. 연옥이는 "뭐 장모 자리가 저러고 나왔어" 영 못마땅해했고 듣고 있는 친구들은 제마다 각자 생각에 잠겼다.

서모와의 갈등으로 결혼을 무척 반대했다는 신랑 측에서는 신랑 한 사람만 등장했다. 주례마저 나타나지 않아 즉석에서 신부 아버지 친구에게 부탁하여 예식을 진행시켰다. 신랑 신부는 무사히 신혼여행을 떠났다.

신부의 아버지는 간밤에 세상을 떠났다. 신체 기증서를 작성한 연유로 숨도 지기 전에 병원 측에서 나와 실어갔다. 연진이는 딸에게 알리지 않고 예식장에 나왔다. 그런 일을 겪은 연진이는 이 년이 채 되지 않아 백병원 침상에 누웠다. "내가

뭔지 모르는 허전한 분위기가
날씨만큼이나 음산하게 돌고 있었다.
—

좀 나으면 원주에 내려갈게" 병문안의 약속은 병원 허공에
남긴 채 두 번 다시 원주에 오지 않았다.

광중壙中안의
사람들

　한솔오크밸리의 탄생을 위한 태동 작업으로 ㈜한솔에서는 원주시 지정면 월송리 '윗닷둔 마을'의 흩어진 산기슭에 묻힌 묘 육백오십 기를 옮기는 작업을 시작하게 되었다. 한솔제지 관리소장으로 부임한 남편은 이 작업을 주관하였다. 관리 사무실에서는 연고자가 제출하는 서류에 무덤을 이장하였다는 증거로 파묘한 시신의 사진이 첨부되어야 보상금 130만 원씩 지불하였다. 그러자니 회사 직원과 연고자가 같이 무덤 속에서 나온 시신의 모습을 사진 찍는 현장에 동행해야 했다.

　첫 번째 연고자가 보상 신청 서류를 접수하고 남편은 파묘

하는 현장에 참석했다. 오십여 년 된 시신은 무덤 속에 가득 고여 있는 물속에 둥둥 떠 있었고 시신을 감았던 삼베 조각과 머리카락이 뒤엉켜 철렁한 물속에 흐트러져 있었다. 그 현장을 보고 돌아온 남편은 점심을 먹으러 집에 왔다가 차려놓은 밥상을 향해 앉으려다 말고 돌아서더니 헛구역질을 올렸다. 밥상만 몇 바퀴 돌다 점심을 굶은 채 다시 파묘 현장으로 나갔다.

그렇게 시작한 파묘 작업은 수많은 곡절의 사연이 길고 길었다. 어떤 무덤은 시신이 폭삭 삭아 형체가 없어서 머리, 배, 다리가 있었음직한 장소의 흙을 한 줌씩 유골함에 담아 옮겼다. 어떤 시신은 황금색 빛깔이 너무 고와 감탄하기도 했다. 어떤 산소는 포클레인으로 아무리 광중壙中*을 깨트리려고 애를 써도 깨지지 않아 결국은 광중 옆을 빙 둘러 파고 광중을 들어 올려 내고 묵은 시신을 꺼내어 절차를 밟았다. 스무나리고개 아래에서 파낸 시신은 보슬한 흙 속에서 곱게 삭아 샛노란 색깔로 정강이뼈만 남아 있었고 오르르 내려앉은 이빨들 사이에는 충치가 있었던 어금니가 선명하게 드러났다. 광중

광중에서 나온 영혼들의 명복을 빌고 또 빈다.
부디 편안하시길 빈다.

—

을 잘 쓴 상태로 보아 그 시대에 존경받았던 인물로 추정되지
만 지금은 후손이 없어 남의 손을 빌려 파묘되고 있었다. 수
년간 보살피지 않다가 잡초로 뒤덮인 묵밭 속의 산소를 이제
와서 자기 조상이라고 나타나기도 하였다. 어떤 산소는 공고
된 이장 시기가 지나도록 연고자가 나타나지 않는 산소들도

많았다.

　무연고 산소는 직원 입회하에 포클레인으로 파내어 화장 절차를 밟아 유골함에 담아 시유지의 공동묘지에 옮겼다. 무연고일수록 깨끗하고 정중하게 모셨다. 이렇게 무덤 650기가 이장되고 오크밸리가 들어섰다. 골프장 한 곳이 생기기 위해서 고이 자고 있던 650기의 무덤들의 잠자리를 들썩거려 놓았으니 영혼들은 편안함을 찾아서 갈팡질팡하였다. 어마어마하게 큰 공사였다. 팔자가 좋아서 골프장에 골프 치러 오는 사람들은 알기나 할까. 땅뙈기 작은 나라에 거대한 놀이터가 들어서자고 650기의 영혼들이 우왕좌왕 갈피를 못 잡고 파헤쳐진 줄 짐작이나 할까. 오래전의 일이지만 650기의 광중에서 나온 영혼들의 명복을 빌고 또 빈다. 부디 편안하시길 빈다.

---

*광중: 구덩이 속, 주로 시체를 묻는 구덩이를 말한다.

슬픈
문장처럼

책 속에서 읽은 슬픈 문장처럼 코끝이 찡한 찬바람 치는 겨울 치악산 숲길을 걷는다. 정적에 잠긴 졸참나무를 두드려 깨우는 딱따구리 형제만 부산하게 바쁘다.

세렴 폭포와 시루봉 정상으로 갈라지는 다리 아래, 확성기가 있는 키 큰 나무 위에는 산까치가 한 마리 고요를 누르며 해바라기를 하고 얼룩무늬 겨울새가 죽은 나무를 오르내리며 부지런히 먹이를 찾아 나무껍질을 튕겨내며 죽은 가지를 등업시키고 있다.

세상의 엄마들은 엄마라는 이름으로 가슴속에 시린 물길 한 줄기씩 터놓고 그 물길 따라 평생을 흘러간다. 여울을 만나면 잔 이야기 지줄대며 흘러가고, 바위억설을 만나면 이리

저리 몸 비틀며 힘겹게 돌아 흐르고 웅덩이를 만나면 싫든 좋
든 그 물길에 고여 역겨움을 견뎌내며 평탄한 물길 만나기를
고대한다.

시린 물길이 삶인 줄 모르면서 제마다 벗어나 보려는 안간
힘으로 눈 붉히며 제자리걸음 한다. 코뚜레에 코가 꿰인 삶을
살고 있다.

소한 속 겨울 하늘이 눈이 시리게 푸르다.

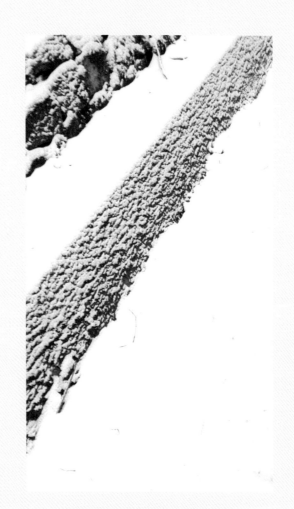

세상의 엄마들은 엄마라는 이름으로
가슴속에 시린 물길 한 줄기씩 터놓고
그 물길 따라 평생을 흘러간다.

—

그림 속에서
길을 잃다

    고흐의 〈감자 먹는 사람들〉을 보노라면 참 마음이 짠하다. 머릿수건을 쓰고 들일을 하다 들어와 어둡고 침침한 등잔불을 켜놓고 감자를 먹는 풍경은 언뜻언뜻 비치는 얼굴들에서 가난은 국경이 없었던 것, 내가 어렸을 적에는 강조밥에 감자를 놓아 먹던 이웃들이 있었는데 그 나라도 감자를 먹었다니 참 생김새조차 우리네 조상들 같다.

    고흐의 〈별이 빛나는 밤〉의 별들의 소용돌이는 낯설다. 귀를 자른 고흐를 가장 고흐답게 만든 그림 〈별밤〉과 까마귀 날아가는 고흐의 〈밀밭〉의 그림은 상품화에 성공해서 이제 이 불가게에서도 식당에서도 호프집에서조차 흔하게 볼 수 있는 고흐의 대표작이다. 명화가 흔해지니 흥이 식는다. 체 게바라의 얼굴 사진이 티셔츠로 팔려 나가듯이 고흐의 그림도 세계화가 되었다. 정작 그 본인들의 마음은 어떨까. 그저 웃지요 하는 마음일까.

푸른색의 드레스를 우아하게 차려입은 클림트의 연인 '에밀리에 플뢰게'는 냉정한 여인 같다. 평생 성욕 없는 사랑을 나눈 연인의 눈빛 안에는 무엇이 들었던 것일까. 가난했던 클림트가 에밀리에를 위해 손수 종이로 꽃을 그리고 붙여 만들었다는 엽서 한 장.

"꽃이 없어, 꽃을 그려드립니다."

에밀리에를 향한 클림트의 사랑은 아마도 우정에 가까웠던 게야. 평생 독신으로 지내며 수많은 염문을 뿌리더니 죽는 순간에 마지막으로 찾았다지. 참 알 수 없는 에밀리에의 청초한 모습이 눈길을 끈다. 노을 빛 밀밭 속에 클림트가 그린 나부를 연상하며 남프랑스 풍경을 바라본다.

책장 한 장 넘기면 바로 시공을 초월해서 〈고사관수도〉의

윤제홍의 〈한강독조도〉

묵화 속으로 들어간다. 팔 위에 턱을 올려놓고 느긋하게 강물을 바라보는 저 꽁지 머리 남정네는 참 팔자 한 번 심드렁하게도 태어났다. 여유 자적하는 풍더분한 표정이라니 무슨 생각에 빠졌을까.

　윤제홍이 그렸다는 〈한강독조도〉에는 눈이 내린다. 눈이 쌓인다. 내리는 눈은 바로 바로 강물에 떨어져 녹는다. 눈은 어디에 내리는가에 따라 쌓이기도 녹기도 한다. 사람의 운명도 그렇겠지. 눈이 내리는 고전의 한강에서 내가 신선이 되어 본다.

'우리는 어디에서 와서 어디로 가는가? 고갱의 그림은 전생과 이생과 후생을 묻고 있구나. 나는 어디로 가고 있느냐? 80으로 가고 있느냐? 다음은 90이고 100인 것이냐? 나를 낳아주신 어머니는 뭐가 바빠서 그렇게 빨리 가셨을까? 100세 시대에 아직도 원기 멀쩡하니 나는 무엇으로 늙어갈 것이냐? 힘이 닿는 한 표고 농사나 짓다가 주말마다 산에 좀 다녀오고 이웃집 고추 농사나 쿵짝쿵짝 지어주면서 선善한 일도 좀 하면서 즐거이 늙어갈 것이다. 온 곳이 있으니 갈 곳이 있겠지.

울지 마세요

돌아갈 곳이 있겠지요

당신이라고

돌아갈 곳이 없겠어요

구멍 숭숭 뚫린

담벼락을 더듬으며

몰래 울고 있는 당신, 머리채 잡힌 야자수처럼

엉엉 울고 있는 당신

섬 속에 숨은 당신

섬 밖으로 떠도는 당신

울지 마세요

가도 가도 서쪽인 당신

당신이라고

돌아갈 곳이 없겠어요

– 이홍섭 〈서귀포〉 전문

이중섭과 마사코의 춤추는 가족을 그린 그림은 도원이다. 도원 속을 휘돌아 나와 '물고기와 놀고 있는 세 아이'를 본다. 성난 소를 그리는 사람의 마음이 너무나 섬세하고 여리다. 하기는 여린 사람 안에 저런 광기를 많이 본 적 있지. 내가 아는

들라크루아의 〈사르다나팔루스의 죽음〉

어떤 시인도 술 마시면 지킬이고 술 안 마시면 하이드가 된다. 인간의 본성 안에는 얼마나 많은 내림의 유전자들이 오글복작대는 것일까.

〈민중을 이끄는 자유의 여신〉과 〈사르다나팔루스의 죽음〉을 보면 사디즘을 이해해 보려고 애써 가슴 떨림을 진정시킨다. 폭도들이 궁정으로 몰려오는 마지막 순간에 왕이 누리던 온갖 쾌락의 생물들을 소유라고 여겨 장작더미 위의 침대에 올라 같이 죽자고 결정을 내린 왕의 심정은 어떤 것일까?

요즘에도 생활고를 비관해서 처자식을 죽이고 자신도 죽

는 가장을 매스컴에서 종종 보면 이 그림의 마음이 엿보인다. 남자들이여! 처자식은 소유물이 아니다. 죽으려면 저나 죽지. 사디즘은 이해하기 어렵다.

'피카소와 내가 제일인 것 같다'는 김환기의 자화자찬의 그림 〈항아리와 매화〉, 〈산월〉의 흰 달 속에서 나는 내 마음대로 평가하는 잣대의 획을 긋는다. 그림은 훌륭하지만 자만은 사절이다. 제 그림을 높이는 방법으로 겸손의 밑돌을 깔아야 하는 줄 그는 모르는 것일까?

클림트가 주목한 긴 주홍색 머리채에 감기는 금붕어 모양의 도발적인 요부의 엉덩이를 아름답다고 생각한다. 사각형 패턴 속으로 스며드는 원형의 패턴, 키스를 받아 자연 광선 속에서 끊임없이 변하는 세계의 순간적인 인상을 좇아 웃음판과도 같은 기쁨을 찬란히 터뜨리는 그림 속 몸뚱이들과 어울려 본다.

모네의 〈해돋이와 수련〉, 녹색 반영 연못가를 돌아 나와 개

양귀비 꽃밭 속을 나는 걷는다. 김홍도의 〈주상관매도〉의 여백에서 잠시 숨을 고르고 소나무 아래서 생황을 부는 어린 신선을 만난 후 루소의 〈뱀을 다루는 여인〉과 〈잠자는 집시 여인〉을 응시하며 꿈을 합쳐본다.

신화와 현실을 결합시키고자 하는 벨라스케스, 주정뱅이들의 익살적인 두 세계의 기묘한 공존, 실 잣는 여인들에서 몽상하는 물레의 원운동은 분열된 세계와 흩어진 것들을 융합시키려 하고 있었다.

장욱진, 밀레를 잠깐 만나고 마원의 〈고사관록도〉를 보며 대각선의 여백, 무의 세계에 주저앉아 쓸모없는 것이 실은 쓸모 있다는 도연명의 〈귀거래사〉 시 한 수를 읊어본다.

아버지들을 아버지로 있게 하는 부뤼겔, 사냥꾼들의 귀가에서 잡다하게 인간들이 우글거리는 농가의 결혼 잔치를 구경하는데 샤갈과 석도는 있어도 릴케는 보이지 않았다.

위트릴로, 그 백색의 쓸쓸한 거리에서 16세의 몸에서 태어난, 열 살부터 술을 입에 대고, 18세에 정신 병원에 들어가 의사로부터 그림 그리기를 권유받은 위트릴로와 그림 속에 릴케! 내가 찾던 릴케는 그림 속에 있다.

> 이제 집이 없는 사람은 집을 짓지 않습니다
>
> 지금 홀로 있는 사람들은 오래오래 그러할 것입니다.
>
> 잠을 깨고, 책을 읽고, 길고 긴 편지를 쓰고,
>
> 낙엽이 떨어질 때면 불안스레
>
> 가로수 길을 이리 저리 방황할 것입니다
>
> — 릴케 〈가을날〉 중에서

　행복한 사람인들 깊은 곳에 감춘 쓸쓸함이 없으랴.

　낙엽이 떨어질 때면 불안스레 잠을 깨고, 책을 읽고 길고 긴 편지를 쓴다. 오늘밤은 시립도서관에서 빌려온 그림 책 속에서 길을 잃었다.

간밤의
도둑 걸음

간밤에 또 도둑고양이 걸음으로 눈이 내렸다. 딱, 고양이 발자국이 남을 만큼의 눈.

새벽 찬 바람이 '거칠고 서툰 비질처럼' 창문을 쓸고 있다.

결말이 어두운 쪽 생각일랑은 애저녁에 발걸음을 하지 못하도록 단숨에 내어쫓자.

'풋과일 꼭지 물러 떨어지듯' 제 풀에 떨어져 나오는 생각의 고리들, 산다는 건 항상 알래스카 바다에 떠 있는 빙산 같기만 해서, 알고 싶은 것들은 보지 못하는 사람이 코끼리 더 듣는 형상.

현미경에도 잡히지 않는, 봄날에 아지랑이 피어오르듯 이 물감으로 부유하는 생각.

여기를 봐도 저기를 봐도 한결같은 삶 속은 사이판의 세계에서 제일 깊다는 바닷속을 들여다보았을 때의 느낌이다.

탈기하지 말고 이류 속에서 당약을 써야 하지 않겠나!

바그너를
듣는 동안

고진하 시인이 강의하는 '니체와의 랑데부' 시간이다. '신은 죽었다'고 말했다는 니체의 자라투스트라에 관한 강의 중에 한 수강생이 가져온 바그너를 CD로 들었다.

바그너를 듣는 동안

마리아 칼라스가 부르는 바그너의 음악, 남녀의 사랑을 배경으로 사랑하는 사람의 죽음을 무릎 위에 얹어 놓은 시간의 음악이라는데, 바그너나 마리아 칼라스나 귀에 설지는 않은데, 바그너의 음악을 모르고 마리아 칼라스가 부르는 노래를 들어본 적 없어.

바그너를 듣는 동안

내 눈길을 어디에 두어야 할지

두 손은 어떻게 해야 할지

상체는 수그려야 할지

지그시 뒤로 젖혀야 할지

어떤 자세라야 바그너에게 어울릴지

살아오는 동안 내 손과 눈동자와 상체를 어떻게 해야 할 것인가를 두고 고민해본 적이 있었나! 거 참, 놀라운 발견이다. 앞에 낯선 사람이 앉은 것도 아니고 CD 한 장으로 음악을 들었을 뿐인데 손과 발이 오그라들고 몸은 으즙고 슮어서 내내 불편하다. CD를 가져온 수강생의 표정은 손으로 턱에 괴고 앉아서 먼 곳으로 떠난 표정이다. 다른 수강생들도 그리 그렇게 가까운 표정은 아니다. 나 혼자만 바그너와 마리아 칼라스와 맞닥뜨렸다. 이 내 손과 표정과 몸을 좌지우지한 바그너는 위대하다. 마리아 칼라스도 위대하다.

수업을 듣고 시립도서관을 가로질러 시청 쪽으로 행해 걸어가는데 지는 꽃, 피는 꽃의 향기가 허공에 어우러졌다. 고개를 젖히고 올려다보니 아카시아 푸른 잎이 겹겹에 더 겹으로 눌려 두꺼운 그늘이 나무 아래에 드리워지고 아직 날리지 못한 아카시아 꽃잎들이 물기를 말리고 있는데 덜 마른 향기 속에 아주 조금 밤꽃 향기가 숨어들었다. 향기에 관한 일이라면 꽃과 나무에 관한 일이라면 나는 그대로 자연이다.

덜 마른 향기 속에 아주 조금
밤꽃 향기가 숨어들었다.

—

어미 소가 밤새 새끼를
부르는 가을밤

잠결에서 밀려나와 장지문 밖을 내다보니 별들이 와르르 쏟아진다.

버덩말 지나 갯가에 가로등은 밀려드는 졸음에 눈 비비고 서 있고 뜰아래 내려서니 서편 하늘에 샛별이 나뭇가지에 걸렸다. 한로 지나 백로를 닷새 앞둔 새벽 네 시, 하늘에는 엷은 구름이 발돋움하며 거닐고 제철 만난 가을바람이 살갗에 스며든다.

여명으로 밀려드는 새벽바람은 하늘을 말끔하게 닦아 파르스름한 속살을 드러내고 풀숲에 잠든 쑥부쟁이, 강아지풀,

앞 댁의 어미 소는 장에 다녀오다 잃어버린
새끼 부르느라 밤새도록 목청 높여 소리 지른다.

—

바랭이들을 휘휘 돌아다니며 깨우고 있다. 달랑무, 김장 배추
이제 겨우 뾰족뾰족 혀끝을 내밀고 있는데 앞댁의 어미 소는
장에 다녀오다 잃어버린 새끼 부르느라 밤새도록 목청 높여
소리 지른다.

꿈속의
꿈

어느 높은 곳에서 동네를 바라보았다.

세 아름이나 넘는 나무 한 그루 왼편에 서 있고 그 나무를 입구로 동산이 울타리처럼 둘러앉은 그 아래, 기와집이 예닐곱 채 있는 마을, 사람들은 보이지 않았다.

오른편으로 큰 나무에 꽃이 가득 피었는데 생시에 볼 수 없는 꽃들이다. 황홀함에 어쩔 줄 몰라 두 팔을 벌리고 고개를 젖히고 훨훨 날아 꽃나무 동네로 내려가 한없이 한없이 날아다녔다.

꿈속의 이튿날이다. 그 밤엔 뒷동산으로 올라갔다.

향나무 한 그루 서 있는 암석 바닥에 물별이 담겨있는 우물을 돌아 45도 경사진 길을 올라 자그마한 동산의 평평한 곳에 복사꽃 비슷한 꽃이 만발한 숲 속을 황홀하게 꿈에서도 꿈처럼 돌아다녔다.

복사꽃 비슷한 꽃이 만발한 숲 속을 황홀하게
꿈에서도 꿈처럼 돌아다녔다.

—

안녕,
이구아수

구름 한 줌

밀림 한 줌

잔디 한 줌

가도 가도

점, 점, 점

브라질에서 이륙하여 아르헨티나를 향해 날아가는 중이다.

비행기 안에서 보이는 풍경은 가도 가도 이어지는 평원, 풍경을 밀어내며 대책 없이 바라본다. '잘 있거라 이구아수, 나 언제 이곳에 다시 오겠나.' 마음으로 작별의 인사를 보낸다.

우기 속의 이구아수는 흙탕물로 구불구불 허리띠를 만들며 흐른다. 이백칠십 줄기의 물길이 긴 머리를 땋은 듯 아우성 지르며 쏟아져 내린다. 내려찧는 물살은 물안개를 피워 올리고 물안개를 가로질러 쌍무지개가 뜬다.

강폭 240m, 길이 350km를 흘러 파라나와 파라과이 강과 만나 합치면서 이구아수는 이름이 사라진다. 어제오늘 한나절 동안 보았던 브라질과 아르헨티나 쪽의 강렬했던 이구아수 풍경이 이륙의 순간에도 눈에 선하다. 비행기는 구렁이 닮은 큰 강줄기를 위를 지나고 있다. 강물의 반은 흙탕물이고 반은 검은빛 닮은 푸른빛이다. 지상의 물결 따라 비행기 소리가 묻어간다.

가슴 벅차는 이구아수의 시간 속에 또 다른 물결이 새겨진다. 어디서 만나 흐르는 강물일까. 나름의 성질을 그대로 고집하며 두 물길은 다정하게 흐른다. 어떻게 물이 서로 섞이지 않는 것일까. 멀리 넓은 물 표면이 번들번들 햇빛에 반사되고 나는 눈을 떼지 못한다. 마음이 먹먹하다. 승객 모두가 잠이 든 기내에서 초초 분분 미지의 풍경 속으로 빠져들어 나 홀로 설렌다. 어깨를 마주대고 웅얼웅얼 흘러가는 강물의 담소가 기내까지 올라온다.

물 표면은 다시 바다처럼 넓어지더니 두 가지 색깔의 물줄기가 함께 구물구물 넓은 표면에 닿으며 빙빙 돌며 그제서야 섞인다. 넓은 연회장에서 만나 남녀가 손을 잡고 어울려 춤을 추듯이 황토빛과 검푸른 물결이 그 넓은 물의 장막 속으로 잠겨들면서 두 성질은 섞이고 있었다.

황토빛 강물은 페루의 상류에서 흘러오는 아마존 강물 줄기이다. 브라질의 북부에서 발원하여 '네그로'를 지나 술리뭉스에서 합류하여 황색과 흙색이 각각의 물 흐름의 속도와 비중, 온도가 달라 서로 섞이지 못하고 어깨를 마주 대고 12km

를 흘러간 다음에야 넓은 지류를 만나 두 물길이 섞인다.

　온전하게 나라는 성질을 간수한 채 우리는 부부라는 물길로 만나 같이 흘러오느라 참 애도 많이 썼다. 이제 비로소 저 강물처럼 성질과 성질이 섞이어 손을 잡고 춤추듯이 흘러간다. 기내의 승객은 모두 잠이 들고 나도 창문을 내린다.

　안녕, 이구아수!

멀리 넓은 물 표면이

번들번들 햇빛에 반사되고

나는 눈을 떼지 못한다.

마음이 먹먹하다.

———

멈머꾸
놀이

주목나무 속에 가득 모여 앉아 있던 참새 떼가, 나무 아래에 있는 연산홍 덤불 아래로 후루룩 내려앉는다.

'어라, 저것들 봐라.'

창밖풍경에 눈을 떼지 못하고 내다보는데 떼거지로 내려앉은 참새 떼들은 땅바닥에서 열심히, 모두들 부지런히 고개를 주억거리며 먹이를 찾아 먹고 있다.

그중에 예닐곱 마리가 깡총대며 전진했다.

'어쭈, 쟤들 좀 보게.'

그중에 또 서너 마리는 이마가 부딪칠 듯 깡충깡충 뛰어 오르며 메뚜기 풀씨를 따 먹는다. 씨알 하나 빼앗긴 메뚜기 풀이 고개를 홰홰 저었다. 고개 젓는 풀가지를 따라 참새도 고개를 갸웃대며 연실 뛰어 오른다.

씨앗 한 알을 빼앗길 때마다 고개를 이리저리 돌리며 참새의 볼을 때리고 있지만 참새들은 막무가내로 씨앗을 따 먹는다. 참새들은 갸웃둥 갸웃둥, 메뚜기 풀은 끄덕끄덕…….
한바탕 메뚜기 풀 사이를 돌아다니던 참새들 중 몇 마리는 작은 바위 뒤로 숨어들고, 그것을 바라보던 나는 먼 시간 속으로 돌아 들어갔다.

메뚜기 풀씨를 훑어서 종이 위에 놓고 입에 물은 다음, "음 ~"하고 소리를 내면 메뚜기 풀씨가 종이 위를 살살살 기어 다녔다. 메뚜기 풀의 긴 대궁을 뽑아 들고 벼이삭 사이를 툭 툭 튀어 다니는 메뚜기들을 잡아서 메뚜기의 목덜미를 꿰어 가득 채우고, 다시 메뚜기 풀을 뽑아서 메뚜기를 잡는다.

그렇게 몇 꾸러미 잡다 보면 어느새 해가 기웃이 넘어가던 40년대의 가을 햇살이 눈앞에 떠오른다. 어린 시절 40년대는 벼 이삭에 살갗이 스쳐 쓰라려도 메뚜기 잡는 재미에 논두렁을 돌아다니며 메뚜기를 잡고 메뚜기 풀씨로 멈머꾸 놀이를 하며 놀았다.

"애들아, 우리 '멈머꾸 놀이 할래?" 하면
"종이가 있어야지, 종이가 없잖아" 하던

친구들의 목소리가 들리는 것 같다. 우리 집은 아버지가 면사무소에 근무하던 때라 그나마 종이가 집에 있는 유일한 집이었다. 요즘 시장에 나가면 물건이 산더미처럼 쌓였다. 물자가 귀하던 시절에는 상상도 못했던 일, 나는 먼먼 시간 속에서 멈머꾸 놀이를 불러낸다.

이번 주 '들꽃 주부 독서회' 독서 토론 주제는 장석주의
《마흔의 서재》다. 책의 내용이야 다 좋은 말들이지만 장석주
가 부리는 언어의 유희에 빠져 사각사각 마음에 스며드는 발
자국 소리를 따라 걸음을 옮기다 보니, 가도 가도 좋은 말들
의 고개를 지나 어디부터인가 질퍽거리며 내 마음은 진쿠렁
속으로 들어간다. 억울한 말이라도 들은 것처럼 짜증은 나를
번쩍 들리게 하고 단숨에 65년을 거슬러 1947년, 일곱 살 이
후의 시간으로 내동댕이친다.

아버지는 초저녁잠이 많은 언니와 나를 자주 단잠에서 끌
고 나와 두 무릎 착 꿇어앉히고 그 위에 두 손 얹어놓고 아버

지의 훈계를 받들게 했다. 아는 만큼 실천하라, 세 번 참으면 살인도 면한다, 세 번 생각하고 말하라(그 말이 사실인가, 그 말이 중요한가, 그 말이 좋은 뜻에서 나왔는가) 군신유의, 붕우유신, 부부유별 등등등.

꿀 같은 단잠에서 끌려나와 무릎 위에 두 손은 얹었지만 휑한 머리는 앞뒤 좌우로 도리질에 저울질을 하며 긴긴 교육을 받았다. 그 교육이 얼마나 싫었으면 나는 내가 물려받은 성씨를 갈고 싶었을까. 아버지와 서모님에 대한 기억은 몇십 년이 지난 지금에도 나를 강원도 원주군 흥업면 무실동 양지마을 241-1번지의 어둠 속으로 자주 끌고 간다. 옛집에는 여전히 언니와 나를 단잠에서 끌고 나와 일장 훈시를 하는 아버지가 있고 서모님이 있다. 일곱 살 이후로 그 무거운 중량은 전혀 무게를 줄이지 않는다.

내 귀는 소리를 모으는 특출한 기능이 발달되어 소개울을 건너 주막거리를 지나 한참을 걸어야 당도하는 남녀산 모롱가지를 돌아오는 아버지의 술에 취한 발자국 소리를 다 듣는다. 아버지의 발자국 소리가 감지되면, 장전되어 있는 총구에서 총알이 튕겨져 나가듯 단걸음으로 달려 나가 최대한 집으로부터 먼 거리를 달려 나가 아버지를 마중한다. 그러노라니 온 몸의 미세한 솜털까지 곤두서서 집 안에서 일어나는 사태를 늘 지켜보고 있었다.

나는 그만 책장을 덮어 썩 밀어 놓는다. 장석주가 부리는 좋은 말들을 마구마구 무지르고 싶은 심사가 일어난다. 내 안에서 심하게 저항이 곤두서는 근원을 더듬어본다. 다시는 아버지의 술에 취한 시간 속으로 끌려들어가고 싶지 않은 마음이다. 다섯 살에 어머니를 여의고 서모님이 낳은 동생들을 엎어 키우며 자다 말고 일어나 아버지의 훈계를 듣던 시간 속으로 끌려가고 싶지 않은 마음이다. 장석주가 선별한 여든 다섯 권의 서재 속에는 이미 돌아가신 아버지가 살아 있다. 이제는 다 잊었다고 생각한 유년의 머리채를 단박에 끌고 들어가는 어린 날이 서슬 퍼렇게 살아 있다.

젊은 엄마들은 《마흔의 서재》에서 감동 받은 이야기를 잘도 조잘거린다. "그래, 그랬었지, 살아오는 동안 좋은 말이면 감동에 한참씩 빠져 있었지." 아버지는 일찍 어머니를 잃은 우리 자매를 더 잘 키워보려고 애를 썼을 것이다. 듣기 좋은 말도 한두 번이라고, 아버지가 하시던 그 좋은 말의 훈계를 담을 수 없었던 나의 작은 그릇을 들여다보는 날이다.

오늘 독서 토론 시간은 나의 전신을 자잔한 거미줄에 둘둘 말리게 한다. 어떻게 하면 이 몸에 감긴 생각의 거미줄을 걷어낼 수 있을까? 방법을 찾느라 열심히 공부라고 하고 있지만 이렇게 난데없이 돌아간 아버지가 단잠을 깨우는 날은 시공을 넘어 어린 귀가 곤두서고 남녀산 모롱가지를 돌아오는 술에 취한 발자국 소리가 들린다.

산수

　여든의 나이를 산수傘壽라 부르기도 하는가 보다. 우리 내외는 산수를 바라보는 나이다. 문을 열면 사방이 산이고 골골이 물이니 이 또한 산수다. 횡성의 산수골에서 십 년 넘게 부부가 표고 농장을 운영하고 있으니 바라보는 산수가 셋이 되었다. 자고 나면 덤으로 뿌리는 봄날의 햇볕이 따사롭기 시작하면 한 해 농사일을 준비한다. 표고장 아홉 동의 비닐하우스마다 빼어놓았던 고무호스를 연결하고 고장 난 트랙터를 일 철 나서기 전에 손질해놓고, 며칠 동안 표고 자목에 스프링쿨러로 물을 흠뻑 돌려주면 한 해 농사의 시작이다.

　봄날의 햇볕은 처음에는 얇았다가 날이 갈수록 두터워지

면서 빛이 많아지고 본격적인 봄철 일이 시작된다. 산천에 나뭇잎들이 움을 트기 시작하면 흠뻑 젖은 표고 자목들도 표고순을 뾰족뾰족 내밀어 눈이 트고 아홉 개의 비닐하우스동 사이사이 자투리 땅에 봄 씨앗들을 심는다. 가장 먼저 감자 눈을 떠 재에 묻혀 감자를 심고 조금 기다려 옥수수를 심고 오이, 호박. 아욱, 상추, 쑥갓 등 온갖 풋것들을 심는다.

얼른 밥상에 올리고 싶은 고추는 빨리 심고 싶은 마음이 굴뚝같지만 늦서리 피해를 볼 염려가 있어 5월이 되기 전에 심으면 낭패를 보기 쉽다. 5월은 땅의 제왕이다. 5월이 되면 너도나도 하루 이틀 사이에 텅 비었던 논밭들이 가득 메워진다. 산과 들이 연두와 초록으로 지천이다. 노안에도 초록물이 가득 들어 찰랑이는 5월의 산수골은 푸른 청년이다. 그러니 팔순으로 가는 우리 부부도 젊은 줄 알고 산다.

지난해 10월에 심은 마늘이 따뜻한 봄 기온에 날마다 쑥쑥 키를 세우고 잡풀들도 질세라 경쟁을 하며 함께 자란다. 풀들은 시샘이 많다. 구멍 뚫린 마늘 비닐 속에서 올라오는 마늘

싹은 꼭 뚫린 구멍으로 나와야 하는데 딴전 피우다 나올 자리를 찾지 못하고 숨도 못 쉬는 놈들은 비닐 밑에서 몸을 비틀며 기고 또 기어간다. 그 모양이 안쓰러워 눈을 크게 뜨고 기어가는 마늘을 꺼내 바로 세워 놓지만 어쩌다 비닐 안에 묻힌 마늘은 뜨거운 햇빛에 몸이 흐물흐물 노랗게 녹아 있다. 뒤늦게 그런 마늘 싹을 찾아 꺼내 놓으면 미안한 마음이 꼭 생마늘 씹는 맛이다.

들에는 밭두렁마다 봄나물이 돋아난다. 쏙새, 고들빼기, 냉이, 달래, 꽃다지, 씀바귀 등을 캐어 식탁에 올리고 봄나물을 먹다보면 농장 뒤뜰에 미나리들이 질펀하게 올라온다. 여기저기 돋아나는 돌나물을 뜯어 미나리와 섞어 물김치를 담아 또 한동안 먹노라면, 심어 놓은 곡식들이 모두 너불너불 자라 있어 무얼 먼저 먹어야 할까 고르며 선택하는 즐거운 고민은 노년의 삶에 여한 없이 복을 준다.

나이가 80키로로 달리다 보면 밤새 안녕하지 못한 소식이 우편함에 당도하고 햇볕이 근심의 그늘을 드리울 때가 많은 것도 사실이다. 생사의 문제는 저 높은 곳에 맡기고 잘 자고 일어나 부부가 서로 눈이 마주치면 '밤새 안녕히 주무셨어요?' 인사하는 아침은 날마다 고마운 시작이다. 내 나이 삼십 대의 젊은 시절 한 차례 크게 아파 본 후로 아침에 눈 뜨면 보이는 모든 것이 덤이고 선물이다. 살아 있어서 고마운 것들에 아침 인사를 건넨다.

"마루끝에 앞발을 올릴까 말까 망설이며 내 눈치를 보는 고양이야 ! 잘 잤느냐?"

"앵두나무를 오가며 아침부터 부부 싸움을 하는 참새부부야! 뭐가 문제냐?"

동식물과 문답을 트다보면 아침나절이 모자르게 시끌벅적하고 해는 쑹덩하고 나와 둥실 떠오른다. 멀지 않은 봄날 갯가를 한 바퀴 돌아 집으로 올 때는 버들가지 하나 꺾어와 식탁 위에 꽂아 놓고, 날씨가 더워지는 여름에는 더운 시간을 피해 어스름 길에 갯가를 걷는다. 걷다가 심심하면 갯가 의자에 누워 선명한 밤하늘에서 5분 10분 사이로 높이 떠가는 비행기의 항로도 가늠해보고 북두칠성도 찾아보고 은하수가 어디만큼 기울었나 때와 절기를 살펴본다. 옛사람은 하늘의 별자리를 보고 천기를 짚어 미래의 일을 가늠했다지만 우리 부부는 푸르고 맑은 하늘에 빛나는 별빛이 그저 좋을 뿐이다.

들일 나갔다 오는 남편이 따가운 밤송이를 꺾어와 식탁 위에 꽂아 놓고 귀여워한다. 젊은 날부터 나무 씨앗을 싹틔워 전국의 산림을 울창하게 하는 일을 업으로 삼아 장년을 보낸 남편은 보이는 식물마다, 그중에도 홀대받는 식물을 더 아끼고 편애한다. 그러니 밤송이가 얼마나 귀여운 효자 노릇을 하는지 짐작은 가는 일이다. 이른 저녁을 먹고 나면 초저녁부터 졸리기 시작하고 졸린 눈으로 먼저 자고 싶은 사람이 '안녕히 주무세요 먼저 잡니다' 인사를 남기고 잠자리에 든다. 마음은 한없이 편안하고 삶은 안온하다.

표고는 그날그날 따서 급수별로 선별하여 주문받은 곳으로 배달한다. 횡성 시내, 원주 시내, 어디든지 분주하게 배달한다. 우리 부부가 키우는 산수골 표고는 서울, 부산, 수원, 강릉 등 전국 각지에 택배 보내기에도 번잡하다. 표고 재배 10년이 넘다 보니 부스러기, 뿌리까지 마른 표고와 같이 구매하는 회사가 있어 판로는 걱정이 없게 되었다.

삶은 잠깐이다. 어느 새 산수傘壽라 부르기도 하는 여든으로 다가가는 우리 부부의 삶의 속도는 80키로다. 좀 더디게 가고 싶어도 뒤차가 경적을 울리는 나이가 되었다. 80키로의 속도는 너무 늦지 않고 빠르지 않게 안전하게 무사고로 목적지에 도착할 것이라 믿으며 산수골에서 산수를 바라보며 날마다 뜨는 햇빛에 감사하며 여생을 살 것이다. 오늘 아침 산수골 햇살은 무지개를 품었다. 참 고마운 햇살이다.

낯간지러운
두근거림

한여름 내내 농사일 하는 사이사이 *끄*적거린 메모 노트를 컴퓨터에 넣어놓을까 하고 노트를 펼쳐보니 장마다 내용을 읽어 내려가는 내 기분이 숲고, 자신에게 부*끄*럽고 낯간지러워 얼른 공책을 덮는다. 그래도 한 장 한 장 메모를 *끄*적일 때는 고조된 감정에 사로잡혀 마음이 허공에 붕붕 뜨는 기분을 열심히 풀어낸 것 같은데 한여름을 보내고 다시 읽어보니 그 이야기가 그 이야기 같은 부*끄*러운 이 느낌은 무엇일까?

글을 쓰려거든 몸소 짙은 경험들을 겪어야 글의 참맛을 우려 낼 수 있다는 글귀를 어느 책에서 읽은 것 같은데 내게는 그런 경험이 없다. 내 옆을 스치는 죽음을 겪었다 한들 임종

하는 사람의 베겟머리에 앉아본 적 없고, 이곳저곳의 바다를 보았다 한들 바다 한가운데서 풍랑을 겪어본 적도 없다. 돌아보면

뜻밖의 만남 같은 우연도 없었고, 어린 시절 장난감 선물 하나 받아본 적 없으면서 무슨 감정으로 글을 끄적거린다고 노트 펴놓고 앉아 있었나 하는 마음에 글을 쓰기에는 나의 삶이 너무도 빈약하다는 자책이 든다. 인생 칠십을 넘어 팔십을 바라보고 살아오는 동안 이런 저런 사연이야 수도 없이 많았지만 그런 소소한 경험으로 얼마나 깊은 맛의 글을 퍼 올릴 것인가. 나는 이런 글을 왜 쓰는가, 의문이 크다.

살아온 날들을 되짚어 보면, 혼자 숨어 울고 서럽다고 생각했던 것들이 나 스스로를 어느 틀 안에 가두어 놓고 육박했던 탓이다. 때로는 자신만의 집착의 늪에 빠져 스스로 허우적거리며 헤어나기 힘들었지만 그것은 다섯 살 어린 나를 두고 돌아간 어머니도 아니고 새로 오신 서모님도 아니다. 누구의 박해도 아니고 주변의 매질도 아닌 나와 나의 대결이었다. 오래

산다는 것은 플러스가 많다. 입장을 바꾸어 생각하고 넉넉한 마음을 거느릴 수 있게 되었으니 얼마나 다행한 일인가. 세월이 준 덕목이다.

봄이면 꽃을 좋아하고 새들의 퍼덕임을 좋아하고 맑은 햇살은 물론 비바람 천둥과 번개까지도 좋아하지만, 하늘 높이 올라 목청껏 노래하는 새들의 심정을 더듬지 못하고 실안개로 피어올라 산허리를 휘감아 돌며 구름이 되어 하늘로 오르는 자연의 신비를 표현하지 못한다. 여름 날 해질 녘에 공작 꼬리 선인장꽃이 피기 시작하는 걸 40분을 지켜보고 앉아 있었지만 그 오묘함을 표현하지 못한다. 회색빛이던 나뭇가지들이 온갖 색깔과 갖가지 모양으로 꽃을 피워내는 내용과 만산홍엽의 가을 풍경을 표현하지 못한다. 어떻게 무슨 재주로 나는 이 자연을 제대로 나타낼 것인가.

오늘 아침 서쪽 방문을 열었을 때, 새벽 달빛이 방안 가득 모여 놀고 있는 것을 보면서 나는 달빛과 함께 섞이지 못하고 겉돌기만 하였다. 초승달, 그믐달, 하현달까지 잠깐잠깐 남몰래 자다가 일어나 만나기도 하였지만 가슴속에 담겨있는 달에 대한 애절한 나의 사랑은 표현도 하지 못했다. 부끄러워라. 나는 왜 쓰는가. 왜 문자만이 나에게 위로가 되는가. 이웃집 동무가 빌려온 책을 또 빌려와 부모님 몰래 담요로 등잔불을 가리고 읽다가 들켜 아궁이로 들어간 《이차돈의 사》의 결말은 그 뒤 어떻게 되었는가? 어린 날 서모님 곁이 서러워 가출을 할 때 벽에 걸린 치마폭을 주루룩 뜯어 《여원》을 싸들고 무작정 모윤숙 씨를 찾아가자고 결심한 동기는 무엇인가. 팔십이 되어가는 길목에서 문자만 보면 왜 나는 아직도 가슴이 뛰는가. 무엇이 문자 앞에서 이리도 절실하고 부끄러운 것인가.

봄이 오는 길목에 서면 앞 강물은 한밤을 지나는 동안 물소리를 한 뼘이나 키워 놓고 벚나무도 땅갈피의 수액을 제 몸 한 뼘만큼 끌어 올렸으리라 짐작해보지만 그들이 얼마만큼의 고통과 어떤 노력을 들여 작업을 이루어나가는지는 가늠조차 할 수 없는 문외한이다. 생각도 사유도 추론도 빈약한 주제에 무슨 글을 쓴답시고 그것들 앞에서 가슴 두근거리면서 앉아 있었을까? 쓴다는 것은 끝없이 부끄럽고 낯간지러운

그런 소소한 경험으로 얼마나 깊은 맛의 글을 퍼 올릴 것인가.
나는 이런 글을 왜 쓰는가. 의문이 크다.

일이다. 다만 헌화가의 노인이 꽃을 따서 수로 부인에게 바쳤
듯이 늦은 나이의 두근거림을 그것들에게 돌려 바칠 뿐이다.
단지 그럴 뿐이다.

동물의 왕국,
구재골

구재골 골짜기에는 뱀도 많고 나비도 많고 청설모도 많았다. 그중에 단연 물이 좋아서 서울 한남동 이인희 씨댁으로 물만 실어 나르는 회사 직원이 있었다. 이틀에 한 번씩 물을 실어 나르는 그 직원은 구재골 골짜기에서 나오는 물건이면 무엇이던지 귀하다고 여겨 한남동으로 상납한다.

당도가 한창 좋은 풋옥수수도 올리고 청설모를 껍질을 홀랑 벗겨 냉동실에 모아 두었다가 올리기도 한다. 잣을 주로 먹는 청설모는 껍질을 벗기면 잣 향기가 황홀하게 진동한단다.

뱀은 잡아서 소나무 숲 속에 땅을 파고 묻은 항아리에 보관한다. 온 가으내 잡아들인 뱀을 진상하려고 항아리 뚜껑을

열었더니 뱀들이 모두 달아났다는 항아리 사건의 후문이다.

구재골에는 유난히 손을 잘 부비는 동물이 지나 다닌다. 풋옥수수에 기생하는 벌레 예방을 위해 농약을 미리 살포하고 본사에서 직원이 내려오면 순유기농이라 너스레를 떤다.

구재골에 가을이 오면 산 비알마다 그물이 처져 있다. 겨울 나기 하려고 뱀들이 산으로 올라 가다가 그물에 걸려 이리저리 기웃기웃 할 때, 땅군들은 그들을 자루 속에 집어넣어 짊어지고 간다.

겨울에는 왕관을 머리에 쓴 까치만 한 크기의 비둘기색 몸을 가진 새들도 모여들어 며칠 묵어간다. 왕관 새들의 뒷조사를 해보니 시베리아에서 우리나라를 거쳐서 따뜻한 나라로 이동한다고 했다. 한여름 해질 녘에는 커피색 날개를 가진 나비들이 길 위에 가득 카페트처럼 깔려 있기도 하고. 초저녁 별이 산등성이 위에 나타날 때 하루살이들이 모여 회오리를 만들며 하늘로 오르기도 하고…….

여름날 땅거미가 내려앉을 때엔 부엉새가 잘도 울었어, 물동이만한 등치가 훨훨 나르는 모습이 보이면 호랑이가 따라다닌다는 옛날 어른들의 말이 생각나서 무섭기도 했었지. 앞마당 끝에 불을 켜놓으면 두꺼비가 엉금엉금 기어 나와 앉아서 불빛으로 달려들다 바닥으로 떨어지는 나방이들을 혀를 길게 내밀어 널름널름 먹는 것을 즐겨 보고 있었지.

산비탈 나무에는 온통 반딧불이들이 크리스마스트리처럼 깜박이는 모습도 볼 수 있었어. 겨울이 되면 낱알들을 그릇에 담아 유리창 밖에 놓아두면 여러 종류의 새들이 날아와서 그들만의 질서를 잘 지키며 먹고 있었지.

수면제 50알의
기적

그이는 올망졸망 5형제의 맏이로 태어났다.

어느 집이나 가난을 면치 못해, 20여 리 길을 걸어 다니며 책보자기를 어깨에 메고 논둑으로 밭둑으로 생철 필통을 딸 그덕거리며 학교를 다녔다. 체구는 작았지만 공부를 잘해 아르바이트로 중학교와 고등학교를 다니며 불도 때지 못한 자취방에서 담요 한 장으로 겨울을 났다. 한양대학교 화공학과에 진학했는데 아버지를 찾아가 등록금 이야기를 꺼내다 귀싸대기를 맞았다. 어려운 시골 살림에 어림 반 푼어치도 없는 얘기였다. 그이는 또 아르바이트와 장학금으로 힘들게 대학을 졸업하고 아들 딸 삼 남매 낳아 가정을 꾸렸다. 귀싸대기를 때린 아버지는 이런 일 저런 일로 늘 돈을 요구했고, 그이는 군소리 없이 네 동생들 학비를 보내며 집안 대소사를 두루 보살피며 충직하게 살았다.

굶기를 밥 먹듯 한 탓일까. 오십이 되지도 않아 몸이 아프기 시작했다.

척추 수술을 몇 번이나 받으면서 별별 날들을 다 보냈다. 상반신은 펄펄 끓고 허리 아래로는 차디차서 이불을 몇 겹을 두르고 지내다 남들 다 자는 한밤중에 운동 틀에 거꾸로 매달려도 보고 목 수술, 눈 수술을 하면서도 남들에게 남세스러울까 아프다는 말을 아꼈다. 그럭저럭 지탱하며 사는 중에 이제는 눕고 일어나는 일마저 힘들고 미음 반 숟가락에 구역질로 괴롭다고 했다. 평생 병 수발로 늙어가는 아내를 가엾어했다.

우리 부부는 마지막이라고 생각하고 그이의 병문안을 갔다. 얼굴은 검고 바싹 말라 눈은 더 커졌다. 손을 잡고 눈물을 글썽이면서. 거의 안고 가다시피 간신히 화장실도 다녀오고.

미음 그릇을 앞에 놓고 한참을 지나도록 한 숟가락도 뜨지 못하고 숨만 거칠게 쉬는 모습을 안타깝게 보고 돌아왔다.

달포가 지났다.

더욱 나빠졌을 그이를 걱정하며 남편은 수화기를 들었는데, 전화기 너머에서 목소리에 힘이 실린 카랑카랑한 대화가 옆에서도 들렸다. 상상도 못할 기적이 일어난 것이다. 정신력이 누구보다 강한 줄은 알고 있었지만 참으로 놀라웠다. 그이는 또박또박 고백을 시작했다. 수면제를 조금씩 모아 감추었다고 한다. 아픈 제 몸보다 평생 병수발로 늙은 아내를 편하게 해주고 싶었다고 한다. 아내 몰래 이불 밑에 유서를 써서 넣어 놓고 50알의 수면제를 삼켰단다.

눈을 떠보니 아내가 내려다보며 "오늘은 늦잠을 다 주무시네요" 하더란다. 그 이후 미음을 먹어도 구역질이 나지 않고 밥을 먹어도 소화가 잘되어 아주 많이 좋아졌다고 그간의 심사를 풀어놓는다. 간간히 안부 전화를 할 때마다 점점 더 좋아지고 며칠 전에는 집 잘 지어 전원 생활하는 친구집에 초대받아 다녀왔다는 거짓말 같은 소식을 들었다.

불전
고민

시립도서관 공부팀에 끼어 부석사에 갔다. 부석사 법당에 들어가 방석을 들고 부처님 잘 보이는 자리에 놓고 두 손 모아 오체투지를 올린다. 절을 하다 말고 핑그르르 돌아가는 생각. 사찰을 다닐 때는 늘 남편을 따라다녔으니 불전함에 불전을 넣는 일은 남편 몫이었다. 아무 생각 없이 쫄래쫄래 법당 안에 들어가 여기 들린 내 마음을 부처님은 모두 아시겠지. '알고 계시는 만큼 보살펴주시옵소서' 하며 참배를 하면 그만이었다.

부처님 앞에 엎드렸는데 갑자기 '불전은 얼마를 놓아야 되나. 삼천 원은 너무 적은 것 같고, 만 원은 좀 아깝고, 그럼 오천 원? 불전 고민으로 삼배를 채운다. 이게 뭔가? 엎드려 참배 할 때는 소원을 간절하게 비는 것도 시간이 모자랄 터인데, 엎드려서 동전이나 굴리고 있으니 이 생각의 항목은 부처님 법전 어느 대목에 치부될 것인가. 야단을 맞으면 야단의 강도는 또 얼마만큼의 무게가 되는 것인가?

신앙의 법도를 모르는 무식한 나는 불전의 의미도 잘 모른다. 불전을 많이 놓는 사람에게 복을 많이 내리고 불전을 적게 놓는 사람은 복을 적게 받는다면 인간과 신이 다르지 않겠나. 불전의 여부를 떠나서 간절한 정성이 통한다고도 들었다. 있으면 있는 대로 없으면 없는 대로 마음의 정성이 통할 터인데, 부처님 앞에서 오늘은 누가 생각의 주제를 지배하고 있는지 그것이 궁금하다. 나의 간절한 소원과 죄목을 더듬어 보는 삼배의 시간이다.

있으면 있는 대로 없으면 없는 대로
마음의 정성이 통할 터인데,
부처님 앞에서 오늘은 누가 생각의 주제를
지배하고 있는지 그것이 궁금하다.

―

찔 레 꽃   보 쌈

3

찔레꽃
보쌈

나는 찔레꽃을 참 좋아한다. 장사익의 애잔하고 처절한 노래에도 나오는 찔레꽃. 희고 작은 꽃송이 속에 노란 꽃술들이 하늘거리며 고개를 끄덕이며 속삭이는 모양이 환상이다. 향기는 더운 환상이다.

배고픈 날 한 아름 꺾어 먹는 하얀 찔레꽃, 엄마 엄마 부르며 먹는 찔레꽃. 사방 십 리 인가라고는 없는 산속 구재골에 살면서 그중 예쁜 찔레꽃 세 포기를 캐어다 마당가에 심어놓았다.

자라는 모습을 바라보는 즐거움은 마당가에 모두 향수를 뿌려놓은 듯 해마다 쑥쑥 잘도 자랐다. 찔레꽃은 외기둥이 아니고 여러 가지를 팔을 벌려 출렁출렁 흔든다. 바람에 흔들

때마다 찔레꽃 향기는 구재골에 가득하다. 고 예쁜 찔레꽃을 동그랗게 다듬어놓았다.

꽃이 활짝 피는 밤이면 커다랗고 하얀 등에 불을 켠 듯 아름다웠다. 겨울에 눈이 와서 온 숲을 덮을 때에는 빨간 열매를 맺었다.

어린 날 찔레꽃 덤불 아래서 어린 가지를 꺾어 먹었지. 학교 갔다 돌아올 때 논두렁 밭두렁 지나면 이리저리 기웃대며 여린 찔레 가지 찾아 다녔지.

통통한 어린 가지를 똑 꺾어 잎을 떼어내고 껍질을 벗기면 하얀 물방울이 똑 떨어졌지. 입안에 넣으면 아삭아삭 달콤한 맛! 가시에 찔려 가면 먹던 찔레꽃. 십 년 동안 정성들여 잘 키웠다.

어느 하루 원주 시내 다녀왔는데 마당이 휑해졌다. 흙덩이를 헤쳐놓고 다독이지도 않았다. 두 아름이 넘었던 찔레 덤불 간 곳이 없다. 울고 싶도록 섭섭했다. 상관에게 아첨 잘하고 손을 잘 부비던 김 모 소장. 마누라와 사이가 나빠 일요일에도 회사에 나와 우리 집 찔레꽃에 눈독을 들이더니 일언반구

바람에 흔들 때 마다 찔레꽃 향기는 구재골에 가득하다.

말도 없이 찔레꽃을 업어갔다. 여주에 있는 '클럽700'으로 주인도 모르게 업혀간 찔레꽃은 잘 있을까? 꽃과 나무도 잘생기면 수난이다.

어차피
떠난 사람

보리수 열매가 발그레 익어가고
뒤꼍에 오디가 툭툭 떨어진다.

파종한 지 오십여 일 된 옥수
수 밭은 어느 새 개꼬리가 나오
기 시작하고, 뻣뻣하고 갈대꽃을 닮은 옥수수
꽃대가 바람결에 꽃술을 흔들어댄다.

텃밭에 상추는 여린 얼굴로 활짝 기지개를 켜고, 쑥갓은
다투어 몽우리를 키운다. 지난해 심었던 방울토마토 자리마
다 씨가 떨어져 싹이 올라와 오글복작 모여서 그것들을 떼
내어 넓직넓직하게 옮겨 심는 중이다.

어디선가 응얼응얼 노랫소리가 들린다. 병풍처럼 산만 빙 둘러 친 산수골, 인적이 드문데 누가 응얼응얼 노래를 부른다. 누가 산으로 올라가는 중이겠지. 시나브로 잊었는데, 잊을 만하면 이어지고 이어지다가는 멀어지는 노랫소리.

"잊어야지! 잊어야지! 어차피 떠난 사람"

고장 난 LP판의 후렴처럼 같은 구절만 반복해서 부르고 있다. 도대체 누가 어디에서 왜? 육하원칙의 궁금증이 꼬리를 물고 일어난다

유월의 뙤약볕이 자글자글 대지를 달구며 온갖 생명이 몸통을 키우는 이 외딴 골짜구니에 앞 구절도, 뒤 구절도 다 제쳐놓고 오직

'잊어야지! 잊어야지! 어차피 떠난 사람' 만 찾는 자가 누구인지.

한번 끝나고 다시 시작할 때는 음정이 한 계단씩 올라간다.

다시 부르면 음정이 좀 더 올라가고, 사람은 보이지 않고 옥타브만 내 보내는 출처는 울창한 옥수수 밭이다. 후렴만 부르는 노래는 나를 툭툭 건드리고 쿡쿡 찌르고 아릿하게 마음을 흔든다.

이제는 옥타브가 높아지다 못해 악을 쓰고 있었다. 한 소절 넘어갈 때마다 점점 더 높아져서 목소리의 한계에 도달하여 마침내 아랫배의 창자까지 뒤틀어 올리며 악을 쓰게 하는 '어차피 떠난 사람'은 누구길래 얼굴 없는 노랫소리가 골짜기를 건너가 윗집 개 두 마리를 와글와글 짖게 한다.

한낮의 뙤약볕에 개 짖는 소리는 지렁지렁 산을 울리고 골짜기를 채워 넘친다. 넘치는 개 소리에 옥수수 밭고랑에서 김매는 아낙들의 웃음소리가 풀어진다. 노래라면 슬픈 노래인데 음정 박자 맞지 않는 고래고래 외치며 멀어져 간 '어차피 떠난 사람'도 부르는 사람도 폭염 아래서 엇박자다. 한 차례 노래가 지나간 산수골 다시 옥수수 꽃술이 흔들리고 아낙들은 김을 매고 보리수는 더 빨개진다. 개들은 잠잠하다.

보리수 열매가 발그레 익어가고 뒤꼍에 오디가 툭툭 떨어진다.

—

태풍
볼라벤

태풍 볼라벤이 몰려오고 있다. 잘못을 저지른 사람처럼 가슴이 마구 두근거린다.

우루루! 덕고산이 보이는 아파트 남향 넓은 창문 유리가 순간 부풀어 오르다가 찌그러든다. 아파트 아침 방송에서 일러준 대로 신문지를 유리창에 붙이려는데 마음만 급하다.

빈 샴푸 병에 물을 담아 유리창에 칙칙 뿌리니 물 반 거품 반 질질 흘러내린다. 분사식이 아니니 한 줄기로 뿜어져 손으로 흘러 팔꿈치까지 흠뻑 적신다. 미끈덕거리는 창문에 신문을 쫙쫙 펴 유리에 붙이는데 한 귀퉁이 붙이면 한 귀퉁이는 들고일어난다.

우루루 바람소리 따라 내 마음도 우루루 떨린다. 당황스럽게 부지런히 유리창에 대고 신문을 펴면서 물 뿌리기에 정황이 없다. 쉴 사이 없이 샴푸 병을 들고 넓은 유리창 위쪽을 향해 물총을 쏘면서 차차 아래로 내려오며 무차별 물총 사격을 했다.

착 붙어 있던 신문들은 조금만 방심하면 귀퉁이를 슬쩍 쳐들었다. 눈길을 떼지 않고 지키고 서서 들썩거리는 신문 귀퉁이마다 물총을 쏘았다. 조금 지나자 횡성초등학교 운동장이 파랗게 내려다보이는 서향 큰 유리 문틀이 부직부직 소리를 낸다.

남편은 서울 가고 혼자서 태풍을 맞는다는 것이 이렇게 난감하고 두려울 수가 없다. 그이가 있으면 두려움은커녕 아무 생각 없이 이 상황을 지냈을 것이다. 어떤 문제가 일어나도 그건 모두 그 사람이 해결할 일이라고 생각했을 것이다. 이제껏 너무 안일하고 무책임하게 살아왔다는 생각을 한다.

태풍의 방향이 바뀌고 있다. 부직부직 소리가 나는 서향 문틀에 소파라도 밀어서 의지할 수 있도록 소파를 붙들고 씨름을 한다.

소파는 꿈쩍도 하지 않는다. 무슨 수를 써서라도 밀어서 창틀에 닿도록 해야 하는데 워낙 무거운 상대라 이런저런 방법을 생각해 봤지만 뾰족한 생각이 나지 않았다. 구부리고 앉아서 소파 다리에 매달려 끙끙대며 1cm 씩 밀고 또 밀었다.

어깻죽지는 조여들었고 가슴은 벌렁거린다. 큰 유리창 문틀 양쪽에 소파가 닿으려면 오른쪽으로 70cm는 밀어야 하는데…… 숨을 헐떡거리며 한참을 생각한다. 벽에다가 몸을 기대고 앉아서 두 발을 소파에 대고 무릎을 천천히 쭉 폈다. 소파가 썩 밀려난다. 간신히 창틀에 소파를 밀어놓았다.

밖에는 볼라벤이 윙윙거리는데 바람 소리를 듣지 않으려고 이불을 푹 뒤집어쓰고 잠을 청한다. 어떻게 잤는지 말았는지 날이 새어 농장에 들어갔다. 방송에서는 밤낮으로 태풍 '볼라벤' 에 대해 떠들어댔지만 정작 비는 오지 않고 후덥덥하기만 하고 멀뚱멀뚱한 날씨다.

우리 집 건조실로 온 동네 빨간 고추 자루가 밀려들었다. 흐리멍텅하고 훗훗한 날씨는 붉게 익은 고추를 물러 터지게 하는 절호의 조건이라 너도 나도 건조 기계에 말리겠다고, 이

집 저 집 익은 고추를 경운기에 싣고 딸딸거리며 모여들었다.

몰려온 고추들을 전기 건조기 1, 2, 3 호에 가득 넣었지만 어림도 없다. 등유 건조기까지 가득 넣어서 기계를 돌린다. 남편은 삼사 일씩 말린 고추를 내가 사다놓은 비닐 봉투에 담아 고추 주인들에게 갖다 준다.

그런 걸 보면 슬그머니 아까운 생각이 옹졸하게 들었다. 그까짓 비닐 봉투값이야 별 것 아니라고 째째하고 속 좁은 생각이라고 마음을 눙치기도 하고, 뭐 몇 푼 가느냐고 부글거리는 속을 눌러도 보지만, 태풍 볼라벤처럼 회오리치는 많은 생각들이 몰려들며 바람을 일으킨다.

어린 날 학교 다녀오다 집에 가며 구경하던 대장간의 풀무질에 일어나는 불꽃처럼 마음이 일렁거린다.

인간들은 시시때때로 담근질을 당한다. 무뎌진 쇠붙이들이 벼려져서 서로 다른 모습으로 제각각 쓸모 있는 연장으로 태어나듯, 긴 세월 속에서 수도 없는 담근질로 다듬어진다. 꿋꿋하게 혹은 잔인하게 더러는 유순하게…….

방송에서는 밤낮으로 태풍 '볼라벤'에 대해 떠들어댔지만
정작 비는 오지 않고 후덥덥하기만 하고 멀뚱멀뚱한 날씨다.

태풍은
닥치고

시간마다 올라오는 태풍 '볼라벤'에 관한 뉴스가 전국을 술렁술렁 긴장시킨다.

농장의 비닐하우스가 걱정된다며 딸 집에 가 있는 남편이 전화로 "하우스 문을 꼭 닫아야 할까, 열어 놓아야 할까?" 이야기가 길어진다. 결국은 "지금 빨리 농장의 비닐하우스에 가서 문짝을 꼭꼭 닫으라"는 당부를 듣고 부랴부랴 하우스로 갈 차비를 한다.

우의를 찾아 입고 장화를 신고 터덜터덜 농장으로 가는 중인데, 이웃집 삭은 스레이트 지붕이 몰려오는 태풍에 와르르 뜯겨져 날아간다.

비닐하우스 지붕마다 덮인 검은 차광 망들이 펄럭펄럭, 중간 중간 잡아매어놓은 끈을 끊으려는 듯 불룩불룩 배를 내밀다가 주저앉는다. 비닐하우스 문을 잡아당기니 꿈쩍도 하지 않는다. 몇 차례 어깨가 빠지도록 잡아당겨도 노새가 앞발로 버티고 서서 고집을 부리듯이 조금도 움직이지 않는다. 한 발 물러나서 위를 올려다보다가 잡아당기고, 아래를 내려다보다가 또 잡아당겨보지만 끄떡도 하지 않는다. 요지부동이다.

괭이와 호미를 가져다 문이 열리도록 홈을 파내기 시작하면서 계속 잡아당겨보고, 땅을 파다가 또 잡아당겨보지만 문짝 아래 부분이 밀려 나갈 만큼 판 것 같은데도 도대체 무슨 이유인지 문짝은 바위보다 더 무거운 자세로 내 행동을 비웃기라도 하는 듯 내려다보고 있었다.

모기들은 웅성대며 덤벼들고, 머리카락은 쏟아져 내려와 눈앞에 알짱거리고,

에이 X X!

에이 X X!

무슨 수를 써서라도 이 문짝을 닫아야지 태풍 볼라벤의 심술을 피할 텐데. 버티고 서서 나를 비웃는 문짝을 상대로 찡그려도 보고, 마음을 달래 보기도 하면서 거꾸로 매달린 문짝의 두 발을 쳐다보았다.

얌전하고 예쁜 두 바퀴가 새카맣고 동그란 눈망울로 내려다보고 있다. "너의 어디가 문제니?"하고 물어보며 알량한 과학적 지식을 총동원해 보지만 말 못하는 저 문짝의 속내를 짚을 수가 없다. "이렇게 한번 해 봐야지"생각하며 오른 발로 문짝 아랫도리를 밀고 두 손으로 문짝 위를 최대한 높게 잡고 46kg의 대단한 내 힘을 한 번 써 보는 거야! 온 몸으로 밀어붙이니 탁! 소리가 났다.

응, 너 열렸니? 문짝이 확 딸려 나온다.

아흐.

30분간 씨름의 승패가 결정났다. 여러 개의 문짝들은 순순히 모두 닫고, 다음에는 하우스의 옆구리 비닐들을 내려줘야 한다. 말아 올린 비닐들은 순순하게 잘 내려왔다. 마지막 옆구리 비닐을 내리고 있는데 휴대전화가 엉덩이를 부르르 문지른다.

"여보세요, 아! 이제 전화가 되네."

"거 아무리 생각해도 하우스 문이 열려야 바람이 횡횡 잘 빠져 나갈 것 같어."

"하우스 문을 죄다 열어놓는 게 좋겠어."

온몸을 모기들에게 물어뜯긴 입맞춤 자리마다 불어터진 콩 쪽만 한 메달들을 달고 한판 승부로 열나게 닫았던 문짝과 하우스 옆구리들을 다시 열어놓으라는 전화다.

"그러지요 뭐, 저야 시키는 대로 합지요 뭐."

오일장터에서
러브신

은박지 속에 포장되어 있는 비타민 한 알이 빠져 나가듯 오늘 하루가 빠져 나간다. 밤새 내린 함박눈, 둥싯둥싯한 밭고랑 위로 햇살 자락이 너울너울 서린다. 마른 고추 대궁 사이사이로 바람에 몰리는 낙엽처럼 참새 떼 좌르르 스며들더니 포르포르르 돌아다닌다.

오늘은 이천십이 년 동짓날. 구룡사에 동지 법회 가자는데, 추운 법당 안에 두 시간 동안 앉아 있을 생각이 버거워 무릎이 시린 것을 핑계 삼아 거절한다. 남편은 기꺼이 수긍하고 혼자 현관문 밖으로 나가고 나는 부족한 불심에 대하여, 신앙에 대하여 한참을 생각한다.

시린 무릎에 포대기를 두르고 앉아 《태엽 감는 새》를 읽으며 문장의 미궁 속에 빠지다가 '다래한의원'의 오후 진료 시간에 맞추어 집을 나선다.

지금쯤은 점심 공양을 마치고 세련폭포 쪽으로 가고 있겠지. 아니면 비로봉을 향하여 어디만큼 가고 있을까? 남편이 가고 있을 어디쯤의 풍경을 그리며 걷고 있는데 "어, 어" 하며 누군가 나를 와락 끌어안는다.

무의식적으로, 즉각 밀치고 있는데 머리 위로 보이는 얼굴은 치악산 어디쯤을 걷고 있을 오십일 년의 세월을 함께 가는 동반자의 얼굴이다.

품에 꽉 끌어안은 사람이나 안긴 사람이나 어리둥절 쳐다보고 내려다보면서

"어디 가?"

"이 시간에 벌써 왔어요?"

'다래한의원'이 코앞인데 침 맞으러 간다는 말은 생각 뒷편에 끼워 넣으며 "운동하러 그냥 나오는 길이지요 뭐" 하며 서로를 풀었다.

"이렇게 길에서 만나니 새삼 반갑네. 그런데 사람들이 뻔

177

히 보잖아."

"맞네, 오늘이 장날이네."

오일장터 한복판에서 필름도 없이 러브신을 찍는다.

다래한의원
재치주머니

가끔 침 맞으러 다니는 다래한의원에는 마음씨 예쁘고 재치가 많은 간호사가 있어 즐거운 말주머니가 돌아다닌다.

어, 어, 어, 어 가만 놔두세요.

나는 민폐를 끼치고 사는 사람이 아니에요.

가마-안 두세요, 고대로 놔두세요.

나는 절대로 민폐를 끼치고 사는 사람이 아니에요.

아유! 내가 없으면 안 돼요.

놀아도 내가 일하는 곳에 서 있어야 해요.

나무 하느라고 탈이 났거든요. 난로를 때거든요, 난로가 빵통만 하거든요. 기름을 때면 골이 아파요.

일할 때는 무릎이 아프지 않습니까?

아이, 그냥 뭐 찔룩찔룩하면서 뭐, 그냥, 아유

나무 십오 톤 하느라고. 내일부터는 절대 일하지 않을게요.

나무 십오 톤을 은도끼로 하셨나요? 금도끼로 하셨나요?

양미간 머리 위, 팔, 명치 밑과 다리에 침을 꽂고 누워서 듣는 간호사와 환자간의 대화 속에 '은도끼, 금도끼'가 있어 나도 모르는 사이 웃음이 쿡쿡 샌다.

'다래한의원'에는 재치주머니가 돌아다닌다. 침을 맞을 때 오스스한 기분을 따스한 운기가 돌도록 바꿔주는 재치주머니가 돌아다닌다. 재치주머니 속에서 나오는 이야기는 언제나 부드럽고, 미소를 흐르게 하는 분화구가 적절한 시기에 알맞게 열기를 분출한다.

자그마하고 예쁜 재치주머니. 웃음 바이러스를 전염시키며, 물리 치료 침상으로 오라는 말을 따라 벗어놓은 양말, 점퍼, 머플러를 끌어안고 쫓아가면서 "나, 이삿짐이 많아서 급해 죽겠네." 다시 한 번 웃는다.

‘다래한의원’ 한쪽 구석에는 바닷가의 파도 소리를 가두어 놓은 물침대가 있어 언제라도 쏴,쏴 철썩이며 파도를 치고 침상마다 돌아다니며 환자를 즐겁게 하는 재치주머니가 있다.

물방울
물살

섭드득, 섭드득, 섭드득!

발자국이 중얼대며 따라온다.

운동 기구들과 의자들이 눈 속에 묻혀 있는 앞 냇가,

잡초들이 주저앉아 까만 얼굴로 하늘을 기웃댄다.

구름 그림자조차 없는 하얀 설원.

좌르르 햇살이 눈 위를 내달린다.

여름밤에 누워서 은하수를 찾던 의자들은 백색 두터운 털 외투를 뒤집어쓰고 곰의 얼굴로 웅크리고 있다. 물살에 가로 놓여 있는 돌다리들도 백색 몸단장으로 한층 키가 커있다.

섭드득 섭드득 섭드득, 발자국이 웅얼거리는 소리를 들으며 마치 달 표면이라도 걷는 기분으로 햇빛을 따라 자꾸자꾸 걸음을 옮긴다.

두 시의 햇살 속에서 봇도랑의 얼음들이 소근소근 소근댄다. 중얼대는 소리에 이끌려 걸음을 멈추고 한참을 내려다보는데

'쩡' 소리 지른다.

'깜짝 놀랐잖아.'

혼자 웃다가 넉적어진다. 쩡 소리를 지르며 잘게 부서진 얼음 조각들이 밀려 내려가다가 걸리면, 그 위로 물방울들이 모여들고 모여든 물방울들은 밀려드는 물살을 온몸으로 막는다.

두시의 햇살속에서 봇도랑의 얼음들이 소근소근 소근댄다.

물방울들이 우왕좌왕 하는 동안 물결이 몰려와 얼음 위로 넘치고, 물길을 받은 얇은 얼음들은 중얼대며 부서진다. 깨지지 않고 버티고 있는 얼음판은 자기 몸 위에 실금을 짧게 혹은 길게 긋다가 결국에는 조금 작게 조금 크게 중얼대다 소리치며 부서진다.

고향 길 옛집에는
꽃등 불이 피겠네

당신은 눈 쌓인 치악산을 한 걸음 또 한 걸음 올라가는 중이고 나는 TV 속에 들어가 눈 쌓인 울릉도에 핀 동백꽃을 보며 마음의 오솔길로 접어들어 고향 길 옛집을 걷는다.

TV 속 초가집 창호지에 얼비쳐 새어나는 등잔 불빛은 따스하다. 대풍감 전망대 깎아지른 절벽 아래 부딪쳐 부서지는 포말을 온몸에 뒤집어쓴다. 흔들흔들, 흔들리는 쪽배를 바라보다 회색과 주황의 노을로 빠져들었다.

등잔불 아래 후당당 후당당, 네 활개 휘두르며 날아가듯 흔들어 대던 첫 아이의 초롱초롱하던 눈망울. 꽃망울 닮은 입술 틈새로 새하얀 침방울 뿌걱뿌걱 내어 밀던 애기 얼굴 불현듯 나타난다.

한밤중 홀로 잠에서 깨어나 뒤꿈치 바닥에 대고 불끈 힘을 주면 위로 위로 쭉쭉 올라가는 걸 지난밤에 배웠다고 연습에 연습을 거듭하다가 머리맡에 등잔불 뒤집어 쏟아놓고 석유 위에서 미끌미끌 빙빙 돌던 아들 녀석 엄마의 눈 마주쳤다고 방글방글 웃으며 달려든다.

혼겁에 질려, 벌렁거리는 가슴으로 석유에 젖은 옷을 벗기는 엄마를 쳐다보며 저와 놀아주는 줄 알고 배를 불끈불끈 치올리며 벙긋벙긋 웃던 얼굴 떠오른다. 엉덩이와 불두덩이며 둥싯한 분홍빛깔 뱃구레 위에 석유 방울들이 동글동글 굴러다니던 모습 떠오른다.

"고향 길 옛집에는 꽃등 불이 피겠네" TV 속 노래는 흐르고 창호지 문살 틈새로 넘쳐나는 불빛 속에서 첫애를 낳아 키우며 아찔했던 지난날들이 새어 나온다.

저녁 연기를 올리며
지붕을 잇는 하회마을

'가장 심하게 눈이 먼 사람은 보이는 것을 보고 싶어 하지 않는 사람이다. 보이는 일상에 익숙한 눈을 뜨고 세상을 다시 바라보아라.'

영화로 시청했을 때의 어둠침침하고 구불구불한 길을 빠져 다니는 무거운 이미지와는 사뭇 다르게 잠언적인 문장이 머리를 깨우는 '주제 사라마구'의 《눈먼 자들의 도시》 독서삼매에 빠진 나를 남편이 툭 건드린다.

"우리 어디 갈까?"

"그러지요 뭐, 갑시다."

행선지도 묻지 않고 남편이 가자고 하면 두말없이 따라나서는 일이 나의 오랜 일상이다. 마치 오랫동안 기다리고 있었던 것처럼 '유홍준'의《나의 문화유산답사기》에 나오는 '부용대'를 내비에 찍고 길을 나섰다.

입춘이 지난 하루해는 마음껏 품을 열어 이미 햇살은 퍼지고 맑은 차창밖은 무던히도 따뜻하다.

오늘은 음력 정월 열나흘이다. 어린 시절 고향의 남정네들은 열나흘이 되면 산에 올라가 아홉 짐의 나무를 해오고 아낙들은 아홉 가지 나물 반찬에 오곡밥을 지어 마을 사람들과 나누어 먹었다.

아침 일찍 일어나 처음 만나는 사람에게 먼저 입을 열어 "내 더위 사가라"고 여름 더위를 미리 팔고는 꽹맥이와 장구와 벅구가 울리는 농악대의 상모잽이가 흔들어대는 액맥이 놀이를 구경하였다. 집안의 어른인 할아버지가 계셔서 정월 초닷새가 지나도록 세배꾼들이 두루마기 자락을 구름처럼 펄럭이며 집 안으로 모여들었다. 아름다운 옛날의 화면은 날이 갈수록 해상도가 떨어지니 조금은 안쓰럽다.

나이가 들면 날마다 눈뜨는 아침이 새로운 보너스다. 오늘의 보너스는 봄 햇살이 동반했다. 양쪽으로 담장이 쳐진 고속도로는 하반신을 감춘 삭막한 풍경을 휙휙 날리며, 응달에 숨어 웅크린 잔설들이 겨울의 끝을 아쉬워하고 있었다.

제천, 영주를 지나 두 시간 조금 넘어 안동 하회마을이 내려다보이는 '부용대'에 이른다.

부용대는 마을을 휘돌아 나가는 낙동강물이 불어나면 하회마을이 마치 물 위에 피어 있는 연꽃과 같다고 해서 붙여진 이름이다. '부용대' 벼랑 위에 올라 하회마을을 내려다보니 그림처럼 고요히 앉아 있다.

마을 뒤편으로 멀리, 낙동강 물줄기가 실눈처럼 가늘게, 반짝이는 물줄기를 따라 오른편으로 서서히 고개를 돌리니 물길이 점점 굵어지면서 확 펴지고 구름송이 닮은 솔밭 앞으로 굽이굽이 돌아나간다. 넓어진 강물줄기는 서로 나뉘어 가운데 삼각주를 만들면서 한편은 솔밭으로 숨어들듯 달려들고 한편은 갈 수 있는 끝까지 가보겠다는 듯이 여유자적 휘돌아든다.

하회마을은 키 높이를 가지런히 다듬어서 화가의 붓끝이 지나간 듯 점점이 초가집과 기와집들이 고른 숨소리로 다정하게 모여 있다. 마을 중간 군데군데 키가 큰 나무마다 까치 둥우리의 모습이 하회마을의 운치를 한 박자 고음으로 끌어올리고 나목의 겨울 숲 사이사이로 한 자락의 굴뚝 연기가 풍경을 덧칠한다.

굽어든 물길을 보고자 한 발자국 내딛으니 까마득한 벼랑 아래 찌릿찌릿한 전율이 등골을 타고 내려가 발뒤꿈치를 찌른다. 멀리서 초가지붕을 잇는다. 참 오랜만에 만나는 풍경. 나의 감탄사에 아까부터 렌즈의 긴 부리를 이리저리 돌려대던 사람이 지붕을 잇는다는 말을 몰라 되묻는다.

"저기 지붕 위에 네 사람이 움직이지요."

"어디, 말씀인지요?"

"제 손가락 끝에 멀리 마을의 가장 먼 곳을 바라보세요. 아주 작은 사람들의 모습이 보일 거예요."

"아, 눈도 밝으시네요, 그런데 뭐 하는 거라구요?"

"지붕을 잇는 중이에요."

일 년에 한번 씩 가을에 타작이 끝나면 볏짚으로 이엉을 엮어 한 아름이 넘는 두루마리를 만들었다. 집 한 채를 다 덮을 만큼, 수십 개의 이엉을 엮어 지붕 위로 메고 올라가 두루마리를 둘둘둘 지붕위에 풀어 놓고 바람에 날아가지 않도록 새끼줄로 이리저리 꼭꼭 고정 시켜놓는다. 이엉을 다 펴고 나면 지붕 맨 꼭대기에 '용구새'를 틀어 덮어 마무리를 한다. 새로 지붕을 잇고 김장독에 김장을 가득가득 채우고 무와 감자를 당그려 놓고 뜨끈한 방안에 들어앉아 시시껍절한 이야기를 풀어놓으면 겨울은 문풍지를 부부 불어대며 지나간다. 저아래 하회마을에서 그 옛날의 지붕 잇기를 하고 있다.

낙동강 물줄기가 하회마을 뒤편으로 실눈처럼 반짝이고, 부용대 아래 드문드문한 나목과 까치 둥우리와 지붕을 잇는 사람들의 느릿느릿하게 조심스런 움직임과, 심심찮게 울컥이는 연기가 바람에 흩어지고 하회마을이 편안한 겨울나기를 준비한다.

나이가 들면 날마다 눈뜨는 아침이
새로운 보너스다.
오늘의 보너스는 봄 햇살이 동반했다.
—

다나킬의 소금 카라반 극한의 땅
_TV를 보다가

네 명의 아내를 거느린 '아파르'족 사내가 셋째 부인에게서 낳은 아들을 데리고, 서울의 두 배가 넘는 소금 광산 '달로'를 향해 떠난다. 생의 마지막 풍경으로 부족함이 없는 풍광을 지나 사막으로 들어서자 3,000명이 넘는 카라반들과 합류한다.

'달로'는 뜨거운 사막으로 오늘 밤 안으로 '달로'를 벗어나지 않으면 그 열기로 인해 목숨을 잃을 수 있는 지역이다.

바다가 융기된 소금의 시간이 켜켜이 쌓여서 만들어진 것이 소금 광산이다. 하얀 떡가루처럼 쌓인 소금 광산은 115만 톤의 소금이 쌓여 있고. 소금 광산의 바닥에 도끼로 사각형 홈을 만들어 소금판을 떼어낸다. 떼어낸 소금판은 소금과 진흙이 섞인 팥 시루떡 같다. 많은 바람이 몰아온 진흙이 소금 위에 쌓이고 다시 소금이 쌓여 반복되면서 소금판은 마치 반듯한 팥 시루떡을 썰어놓은 모습이다.

카라반들은 5kg씩 소금판을 떼어내어 진흙판을 도끼로 떼어내는 작업을 힘들게 한다. 소금 광부들의 몸도 소금판이 되어 탈수증이 심하게 일어난다. 온도는 42도에서 46도 사이를 오르락내리락하는 상온에서 그 사내는 생의 마지막 소금판을 떼어내며 서먹서먹해 하는 아들에게 카라반들이 하는 일을 물려주고 있는 중이다.

하얀 소금 광산에 붉은 노을이 물들어 올 무렵, 사내는 소금판을 만들던 도끼를 놓고, 언제 폭발할지 모르는 예측불허의 팔로 지역에서 가장 높은 지역인 팔로 화산 근처를 찾아 올라간다. 지구의 일부분이라고 믿어지지 않는 풍경. 이곳저곳에서 풀떡풀떡, 푸푸푸, 뽀글뽀글 각가지 색깔과 소리와 빛과 모양의 작고 큰 웅덩이들이 끝없이 펼쳐졌다. 진노랑 유황 위에 주황의 노을이 맞부딪친 사이를 수 천 줄기의 화산이 입김을 내 뿜는다. 화산의 숨결이 사방에 흩어진다.

지진과 화산용암으로 만들어진 '달로',

죽음의 땅이라고 불리우는 달로의 지평선이 끝없이 펼쳐진 소금 들판에서 카라반은 화산에 쌓여 유황이 섞인 끓는 물을 가죽으로 된 그릇에 담는다. 애끔하게 사랑하는 눈빛으로 아들에게 건네준다. 유황 물은 낙타의 몸에 기생하는 기생충들을 없애주는 훌륭한 약품이다.

날이 밝자. 소금판 24개(120kg)를 낙타 등에 싣고, '달로'를 떠나는 카라반들은 오늘 밤 내로 사막을 벗어나야 한다. 손가락 사이로 모래의 시간들이 빠져나간다. 아들과 함께 하는 유황의 시간이 지나간다. 카라반들은 '다나킬' 평원에서 가장 풍부한 물줄기를 만나 몸과 옷에 묻은 먼지를 털어낸다.

물길이 끝나고 메마른 땅. 사람들에게나 낙타에게나 모두 힘든 길을 지나왔다. 50년간을 캬라반으로 살아온 사내의 발은 성한 곳이 없다. 더위에 지쳐 쓰러지는 낙타의 다리가 부러지거나 진흙에 빠지면 더러 낙타를 포기하기도 한다.

뜨겁게 달아오른 돌 위에 염소의 살을 척척 올려 익혀 먹으면 최고의 만찬이다. 마을에 소금 시장이 섰다. 카라반의 부자가 실어온 소금판은 150개, 필요한 설탕과 커피 그리고 신발을 산다. 아파르족에게 신발만큼 중요한 것은 없다.

첫부인에게 들려 막내아들과 막내딸을 안아보고 정성스레 끓여주는 커피를 마신다. 커피를 마시며 가장 늙은 그녀와 여생을 마칠 생각을 하고 있다.

낙영폭포

비에 씻긴 가을 하늘은 더욱 맑고 얇았다. 농장으로 떠난 남편에게서 성급한 전화가 걸려온다.

"여보, 내 부지런히 표고 따 놓고 갈 테니까 치악산 가자."

"그러지요 뭐."

한 시간도 지나지 않아 아파트를 나섰다.

"치악산은 맨날 가니, 우리 오대산으로 가자. 적멸보궁 지나 걷는 대로 걸어 비로봉까지 오르지 뭐."

농장을 다녀왔으니, 아무리 서둘렀어도 월정사 입구에 도착하니 벌써 한낮이 다 되었다. 산채비빔밥을 꿀맛으로 먹은 후, 월정사 입구 다리를 건너니 엊그제 비바람이 나뭇잎들을 모두 쓸어갔다.

주저 없이 차머리를 돌려 단풍이 아직 있을 만한 소금강 쪽으로 달린다. 다섯 시간만 걷자는 계획을 세우고, 낙영폭포로 향했다.

얇은 햇살과 맑은 바람에 몸과 마음을 점벙거리며 다가선 소금강 계곡 입구는 가을맞이 대행사장이 되어 사람들로 북적거렸다. 여행사 버스에서 쏟아진 인파들이 무리무리 몰려 바쁘게 걸음을 서둘렀다. 옆으로 나란히 길을 막고 친구들과 이야기에 빠져 걷는 사람들, 지팡이를 들고 가며 뒷사람에게 주장질을 하는 사람, 코라도 뀈 것 같고 눈이라도 찌를 것 같다.

1980년대, 소금강 계곡 등산길에 계단이 생기기 전에는 학운대와 백운대를 거쳐 구룡폭포까지 가는 길이 지금의 길 건너편으로 깔딱고개가 앞을 가로막고 있어 헉헉거리며 산을 올랐었는데…… 지금은 잘 손질된 길을 편안하게 걷는다.

조촐한 '금강사'에 들려 소박하게 참배하고 산행을 시작했다. '십자소', '연화담', '구룡폭포'까지는 대부분의 사람들이 오를 수 있다. '만물상'부터는 주위가 한갓지다. 올 때마다 새로운 소금강 계곡은 이번에도 염의롭지 않게 활짝 품을 열어 맞이해주었다.

씻기고 씻긴 바위들과 끊임없이 갈 길이 바쁜 물길들이 시간의 앞뒤를 넘나든다. 나뭇잎 사이를 꿰뚫으며 달려드는 햇살, 열기를 식히며 몰려오는 바람은 어디에서 떠나와 어디로 가는 걸까! 흐르는 물빛은 몇 날 며칠 단풍에 물들어 샛노랗다.

어느새 '사문다지'를 지나 '광폭'을 향해 걷는다. 몇 사람이 내려오며 묻는다.

"어디까지 가시는 겁니까?"

"네, 낙영폭포까지만 가려구요."

'진고개산장'에서 시작하여 '노인봉'을 거쳐 오며 지금 올라가는 우리가 염려스러웠겠지. '광폭'을 지나면서 물길이 잦아든다. 계속 기분을 끌어올려주던 풍광이 제풀에 지쳤다. 그래, 그만 가는 거야, 아래 보이는 좋은 풍경을 즐기는 거야, 낙영폭포가 얼마 남지 않았지만 가을바람이 머문 자리에 함께 앉았다.

'낙영폭포'를 목표로 간 남편은 곧은목으로 달려가고, 경치를 즐기려는 나는 느긋이 앉아 물에 손을 집어넣는다. 단풍잎 몇 개 주워 출장길에 편지 속에 보내 주었던 빨간 단풍잎을 생각했다. 그때는 소금강이 달나라만큼이나 멀게 느껴지던 때였다.

바위에 길게 수통이 파여 봇물처럼 흐르는 물길을, 어린 날 봇도랑 바라보고 서 있듯이 한참을 지켜본다. 연륜 지긋한 단풍나무 가지마다 햇살의 춤사위가 요란하다. 다람쥐들의 이야기 소리가 바스락 바스락 이어진다. 물은 갈 길을 재촉하고 바위들은 좋았던 일 싫었던 일 안으로 새기며 처연하게 앉아 있다.

소금강이 몽땅 내 안에 들어앉았다.

나뭇잎 사이를 꿰뚫으며 달려드는 햇살,

열기를 식히며 몰려오는 바람은

어디에서 떠나와 어디로 가는 걸까!

흐르는 물빛은 몇 날 며칠 단풍에 물들어 샛노랗다.

부연동을
아시나요?

　금요일 밤, 자다 깨니 3시 36분이다. 한잠 더 자고 나면 날이 새겠구나 생각하며 다시 눈을 붙여 보지만 자다 눈 뜨니 4시 반, 4시 50분, 5시 15분, 5시 30분, 10분을 더 보내고 청량리로 향해 현관문을 나섰다. 원주행 7시 차를 타고, 예약한 8시 15분 차표를 환불 하란 말을 하려고 집으로 전화를 했지만 받지 않는다. 핸드폰으로 해도 역시 마찬가지다. 20분 간격으로 세 차례를 더 걸어도 통화가 되지 않는다.

　원주까지 4,600원 경로 우대 기차비. 칼국수 한 그릇 사 먹었다고 치자 생각하며 판대역을 막 지날 때 핸드폰이 허벅지를 흔든다.

　아파트에 들려 밥 한 술 떠먹고, 무르익은 가을 길 따라 집을 나섰다. 오대산 비로봉까지 오를까 하고 나섰다가 오늘은 그냥 드라이브나 하자며 진고개를 넘는다. 진고개산장에서 보이는 산봉우리들은 잠잠한 초겨울이다.

구비구비 돌아 약수터에 내려서니 언제 와봐도 마음을 씻어주는 물길과 돌들이 여전히 발길을 반겨준다. 이 길을 지날 때면 한 번도 잊지 않고 되돌이 테이프처럼 하는 말이 있다.

"저 왼쪽 봉우리 당신하고 언제 한번 가봐야 하는데, 저거 너무 위험하고 아슬아슬하던 길이라서."

"그럼, 지금 가지요 뭐, 안 가본 길 새롭고 좋겠네."

"그럴까?"

남의 집 뒤란으로 들어서는 기분으로 접어든 길은 들어서자마자 길은 손살피 같다. 한 뼘 가량 핀 보라와 흰 들국화는 작은 키에 작은 얼굴로 해맑은 웃음을 웃으며 온 몸을 흔들고 있었다.

진노랑 감국들이 비탈진 두렁들을 뒤덮어 더 이상의 색상들을 거부하고, 왼쪽으로 펼쳐지는 낭떠러지는 60년대 출장 길의 기억을 되살려준다.

영림 계획차 이곳으로 오토바이를 몰고 출장 왔을 때는 온 몸이 조여들었다던 부연동 가는 길이, 2011년 지금은 차가 편안히 넘어갈 수 있는 길로 닦였다.

부연동으로 접어들자 뜬금없는 생각이 떠오른다. 홰에 올라 자는 닭을 갈가지가 턱 밑을 다 갉아 먹어도 모르고 잠을 잔다는 말이 생각나는 부연동 고갯길. 당근을 조각도로 그어 턱 밑을 후벼 판 듯, 구비 길에는 앞에도 뒤에도 차 한대 나타나지 않는다.

한 구비 꺾어 돌면 다시 후벼 판 아랫길, 그 길 턱 아래를 다시 후벼 파서 다음 구비로 이어지는 길, 산봉우리에서 시작된 길과 밑바닥 길이 일직선으로 곧추선 길 '혹시 부연동이라고 아시나요?' 묻고 싶은 길이다.

고개를 다 넘었다 싶을 즈음 낙엽송 군락이 일렬종대로 사열한다. 기분좋게 사열을 받으며 고개를 끄덕끄덕 태백산 중턱을 지난다.

칡넝쿨이 도로에 달려드는 풀밭재길을 지나 어성전까지 한 시간이 넘도록 하늘 아래 첫 동네를 바람처럼 돌아 내려왔다.

'또 오세요!'

음전한 표지돌의 인사를 받으며 '노루골' '부소치' '질골'을 거쳐 '버들계'에서 다시 한번

'또 오세요!'

거듭 표지돌의 인사를 받는다. 가뭇한 단풍드는 '홀림교'에 올라 주르르 달려가니 양양이다. 이제 집으로 갈 시간, 부연동에서 뜬구름처럼 황홀한 시간이 저물었다.

육박한
시절

일찌감치 잠자리에 들었다가 맑은 정신이 들어 아침인 줄 알고 일어나 보니 새벽 1시다. 잠 없는 시절이 육박하는구나. 소녀 시절에는 잠자는 시간조차 아까워 감성의 밤을 끌어안고 지새우기도 했었지.

첫아이가 밤낮이 뒤바뀌어 낮에는 잘 자는 덕분에, 수십 명 일꾼 바라지에 거칠 것 없이 삼시 세끼 불 지펴 더운 밥상 올리다 밤이면 놀아달라는 아기에게 시달리다 새벽에야 쪽잠이 들면 등잔불이 이불에 붙어 방안 가득 연기가 차올라도 몰랐지. 좀 더 자고 싶어도 첫 닭 울음소리에 가슴 지르르 찔리며, 창호 문 열고 먼동 터오던 동녘 하늘을 내다보던 조반 지으러 일어나던 새댁 시절.

잠 좀 실컷 자 보았으면 원이 없겠더니 이제는 잠에서 쫓겨나는 시절이 육박했네.

이왕에 달아난 잠이니 책이나 읽어볼까《노마디즘》을 끌어당긴다. 일찌감치 사두었으나 책의 두께에 질려 선뜻 손이 가지 않던 책이다. 곁눈질로《노마디즘》의 눈치를 보면서 옆에 있던 얇은 책 몇 권을 뒤적거리던 끝이었다. 얇은 책의 목록들도 만만치 않기는《노마디즘》을 능가한다.

'카프카'니 '들뢰즈'니 '가라타니 고진'이니《안티 오이디프스》니 '푸코'의 말을 빌어 '반파시즘적 삶을 위한' 윤리학은 무엇이고 중심에 자리 잡고 있는 '억압적인 욕망'과 '혁명적인 욕망'의 이분법이며 '천의 고원' 들뢰즈와 카타르가 말하는 '배치의 4가성'은 또 무엇이냐? 난감하고 애매한 활자들이여.

나에게는 가당치도 않은 책을 옆에 두고 그러나 한 번씩 눈 맞춤도 해보고 밀어내보기도 하고 잡아당겨보기도 해보던 터이다. 잠은 안 오고 밤은 길고 늘어진 정신 줄이나 당겨

볼 요량으로 《노마디즘》을 들추어본다.

《노마디즘》은 두껍다. 내 나이만큼 두껍다. 너랑 나랑 우리 같이 두꺼우니 이 밤을 같이 세워보려느냐?

책이 외부와 만나면서 만들어 지는 이 세월의 주름살에 아련하게나마 동질감을 느끼면서 육박해 오는 시절을 어떻게 받아내면 지혜로움으로 대처할 수 있을까 난감의 수위가 높은 새벽이다.

달빛이나 좋아하고 몰려다니는 낙엽들 구경하고 꽃에 앉아 꿀 속에 빠진 벌들의 행동이나 지켜보면서 나조차 달콤해지며 송아지 찾는 어미 소의 울음소리에 가슴이나 저리면서 육박한 시절을 건너가는 것이 지혜로운 일인가.

마운틴 오르가슴,
운학산

    새벽 4시 조금 넘어 일어나 농장으로 향했다. 7시 출발하는 농협 산악회 버스를 타려면 한참 자라고 있는 표고버섯을 따놓고 아침밥도 먹어야 하니 부지런히 움직여야 한다.

    경기도 포천에 있는 운학산, 산행을 시작한 지 얼마 되지 않아 벌써부터 몸에 열이 올라 겉옷을 벗어 허리에 매고 서두름 없이 걸음을 내딛는다. 저만큼 앞서 가던 옆 사람이 배낭을 내려놓고 겉옷을 벗어 배낭에 넣는다. 그 사이에 앞선 나는 꾸준히 걷는다.

    지난달에 올랐던 '주병산'보다는 오름길이 덜 힘이 든다. 오르막이 있는가 하면 숨 돌릴 만큼의 평지가 나타나고 평지구나 하면 다시 비탈이 끌어올렸다. 그러다 바위가 나타나고 바위는 말발굽 모양으로 스텐 파이프를 박아놓아 한 걸음 한 걸음 내어 딛을 때마다 쇠줄을 잡고 올라가도록 설치해 놓았다. 쇠줄 한 차례 잡고 끙끙대면 바위 하나 넘고 다시 걷다 보면 또 바위다. 온 산에 남근석이 널려 있다. 여근석은 숨어 있어 보이지 않나? 누군가가 찾아 주지 않아 곁에 있어도 모르는 것인가?

운학산의 남근석은 외할아버지 고추타령같이 늘어서 있다. 산을 올라가도 남근석, 바위 하나 넘어도 남근석, 몇 개의 바위를 쇠줄을 잡고 넘었는데 또다시 남근석 표지판이 길을 막는다.

앞서 가던 여자가
"남근석이 어디 있어?" 물으니
뒤에 가던 남자가
"저기 있잖아, 저기. 안 보여? 내가 아주 옷 벗고 여기 누워 있을까?"
음담패설이 늘어진다.

민달팽이

하늘은 파랗고 맑은 햇빛은 넘쳐난다. 내려다보이는 풍경은 시야 가득 오목조목한 바위들이 숲 사이사이에 끼어 있다. 3시까지 하산하기로 했는데 시간이 참 여유로웠다. 하산하여 버스에 오르니 일행들이 깎아놓은 사과를 권한다. 시원한 배쪽도 몇 개 집어 먹으며 오가는 대화들이 소박하다.

민달팽이 퇴치 작전은 톱밥에 '모캡'이라는 약과 막걸리를 섞어 꼭 싸매어 한 삼 일 발효를 시킨 후 민달팽이가 많은 곳에 드문드문 가져다 놓는단다. 한창 자라는 김장밭에 민달팽이가 골칫거리인 농촌 사람들에게는 아주 솔깃한 이야기다.

차는 출발하여 얼마 못 가 밀리기 시작한다. 오십 분이면

하늘은 파랗고 맑은 햇빛은 넘쳐난다.
내려다보이는 풍경은 시야 가득 오목조목한 바위들이
숲 사이사이에 끼어 있다.

—

족한 거리를 두 시간이 넘도록 버스는 아씨 걸음이다. 아씨 걸음을 구경하던 사람들이 웅성거리더니 내려서 걸어가겠다고 한다. 마음씨도 좋은 기사는 문을 열었다. 세 사람이 내리고 조금 가다가 두 사람이 내리고. 옆줄에서 어정대던 버스에서도 사람들이 내려서 걸어간다. 차에서 내려 걸어가던 사람들이 눈앞에서 사라진 지 오래되었다. '자라섬 재즈페스티벌' 현수막을 지나자 차가 신나게 내달린다. 춘천 휴게소에 도착하니 벌써 어둑어둑해졌다.

한 사람이 하늘을 쳐다보며 말한다.

"저 달이 초승달인가요? 그믐달인가요?"

"오늘이 초엿새니까…… 초승달이지요." 대답에 여운이 실렸다.

"초승달은 오른쪽으로 굽었구요, 그믐달은 왼쪽으로 등이 굽었지요."

달의 굽은 방향을 두고 주위가 고요하다. 사람들은 저마다 생각에 빠져 잠잠하다.

헝거로운 산행,
청량산

　청량산에 오르면 청량사보다 그 산에 사는 산꾼이 떠오른다. 집의 안과 밖을 우벅주벅 울퉁불퉁하게 지어 놓고 청량산에서 나는 나무와 풀뿌리로 온갖 조각을 만들고 약차를 달여 오가는 이에게 차를 권하는 재미로 산다는 사람, 청량산과 내통을 잘 이루며 사는 산꾼이 떠오른다. 오래된 기억을 더듬어 원주에서 두 시간 반 거리인 청량산으로 향해 떠난다.

　노을빛 닮은 침엽수림 단풍이 능선마다 불이 붙었다. 죽령 터널 안에 들어서니 경상도에 오셨다는 소리가 들린다. 영주를 지나자 '비나리길' 표지판이 보이고 낙동강 물줄기가 정답게 다가온다. 산과 물이 주거니 받거니 어우러지는 모양은 언

노을빛 닮은 침엽수림 단풍이 능선마다 불이 붙었다.

—

제 보아도 정답다. 도립공원 관리소 부근에서 보들보들한 산나물과 구수한 된장찌개로 일찌감치 점심을 때우고 산행 시간을 헝거롭게 다섯 시간 정도로 잡는다.

서너 걸음에 한 방울씩 땀방울이 떨어진다. 총각김치 담가놓고 금요일 밤에는 신라호텔 요한이 결혼식에 다녀오느라 진을 모두 뺐더니 지난주에 다녀온 월악산 보다도 힘이 든다. 산군의 집은 여전하다. '청량산 달마원'이란 명패를 달고 주인은 그 사이에 '대한민국 달마화 제1호'가 되었다. 반가운 몇 마디를 주고받으며 차를 따라주는 도자기의 온기를 두 손 가득 건네받는다. 옅지도 짙지도 않은 달큰한 차 향기와 맛이 온몸을 휘돈다.

청량사에 잠시 들러 나와 탐사를 뒤로 '뒷실고개'로 들어섰다. 가만가만 내딛는 내 발걸음을 보며 뒤따라오던 사람이 "갈잎이 부서질 것 같으냐"며 농을 건네며 웃는다. 이렇게 천천히 올라가도 앞서가던 사람들은 자꾸 뒤로 처진다. 한 걸음 또 한 걸음 내딛다 보니 '뒷실고개'를 지나 '자란봉'에 도착했

다. '자란봉'과 '선학봉' 사이에는 '하늘다리'(현수교량으로 국
내 최고 길이 90미터, 높이 70미터, 폭 1.2미터)가 있다. 하늘다리
아래 계곡은 빙하의 틈새 같은 아찔한 바닥이 현기증을 일으
킨다.

무서워서 건너기 싫어하는 나를 자꾸 이끌어 눈을 감고 다
리를 건넌다. 휘청휘청 온몸이 흔들리고 몸은 오그라든다. 하
늘다리를 건너면 곤두선 층층 계단을 내려가서 내려간 것 보
다 더 올라가면 청량산의 주봉 '장인봉'(870미터)이다. 전망
대에 올라 잠시 숨을 돌리고 되돌아오면 다시 하늘다리 앞이
다. 이 깊은 계곡에 다리를 놓은 사람은 누구일까? 잠시 그의
노고를 생각하니 두려움이 조금 가신다. 어쨌거나 잔뜩 오그
라든 마음으로 온몸을 흔들리며 외중에도 무르익은 단풍 계
곡과 골 사이에 내려앉는 산그림자를 보며 건넌다.

내려오는 발걸음은 가벼웠다. '연적고개'를 거쳐 '연적 봉'
에 오르니 내가 연꽃인 느낌이다. 숨을 잠시 돌리고 '탁필
봉'을 슬쩍 지나 '자소봉'(840미터)으로 향하는 길은 다시 한

번 올라갔다 내려가기를 반복한다. '경일봉' 쪽으로 한참을 가다가 아무래도 이 길은 너무 멀 것 같아 '김생굴' 쪽으로 방향을 바꾼다. '김생'이 글씨 공부를 10여 년간 했다는 전설의 '김생굴' 옆 '김생폭포' 자리에 폭포는 간데없고 물방울만 떨어진다.

깊은 협곡이 많은 청량산을 생강나무 단풍이 노란 햇살로 휘젓는다. 응진전 앞뜰에 목화송이가 하얗게 피었다. 어린 날 목화송이를 손에 들고 헛 씨앗을 발라내며 꾸벅꾸벅 졸았지. 씨에틀*을 빙빙 돌리며 목화송이를 대어주면 목화송이는 씨에틀 뒤로 나가고 앞으로는 목화씨가 토끼 똥처럼 후두두둑 떨어지던 시간이 말갛게 되살아난다. 석양은 샛노란 물결을 하늘호수로 부드럽게 흘려보낸다. 청량산에 오면 몸도 마음도 청량해진다.

* 씨에틀: 목화의 씨를 발리는 용도로 나무로 만든 기구

덕주공주가 있는
덕주골

가을이 무르익어 부서진다. 샛노란 가로수는 바라보는 사람을 영적인 세계로 이끈다. 들판의 벼들은 당그러져 엔실리지ensilage로 들어가 나동그라졌다. 월악산 입구에서 모처럼 올갱이 참맛으로 점심을 먹고 정상까지 한 시간 반 오름길을 걷는다.

이 길을 같이 가던 사람들이 떠오른다. 곱고 우아했던 기웅이 엄마, 희멀겋고 헌헌장부이던 기웅이 아빠의 죽지 꺾인 모습이 옛이야기가 되었다.

월악산 정상은 기억 속에 모습이 아니다. 능선 하나가 하나의 바위로 가까워질수록 웅장하다. 거대한 바위는 홀딱 벗고 앉아 제 몸을 구석구석 보여주며, 뱅뱅 한 바퀴를 돌린다. 내려갔다 올라오기를 몇 차례 반복시킨 후 정수리에 겨우 편편치 않은 자리를 내어준다.

감지덕지 고맙게 둘러친 철 울타리에 손을 얹고 좌우를 둘러본다. 오른쪽 아래로 산 구비 따라 흐르는 물길이 도담 삼봉과 고만고만한 봉우리를 품고 빙글빙글 돌아 흐른다. 바로 아래는 붉고 푸른 지붕들이 이마를 마주대며 영봉을 올려다보고, 왼쪽으로 겹치는 산봉우리 너머 너머는 먼 하늘 끝까지 산의 테두리가 둥그렇게 둘러있다.

영봉은 마치 거드름을 피우는 듯하다.

"자 내가 월악이야. 내 모습이 어때?" 신령스러운 영봉의 음성이다. 단풍은 능선을 따라 넘실넘실 흘러넘친다.

올라오던 길보다 덕주사 쪽으로 내려가는 길은 훨씬 더 멀다. 오후 세 시가 넘었는데 몇 번 망설이다 아쉬움이 남을까 덕주사 쪽으로 하산을 서두른다. 내리막 계단이 시작되는 왼편 산비탈의 너리석 바위는 흡사 몇 줄기 넓은 폭포가 쏟아져 내리는 듯 장관을 이룬다. 마애불을 지나 계곡을 내려오니 단풍나무에 불이 붙었다. 저만큼의 거리와 이만큼의 거리에서 단풍 드는 나무들의 사랑이 깊어간다.

덕주사에 내려오니 오천 원권 두 장이 마당에 떨어져 내 양심을 시험하려 든다. 저만큼 아이와 함께 앉아 있는 분에게 "돈을 떨어뜨리셨네요" 하니 아니라고 고개를 젓는다.

'그래, 이 돈은 시줏돈이지' 생각하고 물품 관리 보살에게 건네주니 합장하고 받아 시주함에 넣으며, 한사코 율무차 한 잔과 바나나 한 쪽을 뚝 떼어 주었다.

관음전에 올라가 오래 엎드려 참배하고 해우소에 들려 소금기 많은 입 주변을 씻었다. 해가 지면 어쩌나 염려했던 덕주골 하산길을 헝거롭게 내려와 솔 숲 사이로 가득하게 넘쳐 나는 물소리를 들으며 산행차가 도착할 때까지 휘적휘적 걸었다.

언젠가 물소리만 들리던 어두운 이 길을 장환 씨네 부부와 함께 걸으며 이곳 풍경이 몹시 궁금했었다. 계곡은 넓고 크고 작은 바위들이 싸아한 가을 공기 속에 하얗게 도드라졌다, 큰 산 구비를 구비 돌아 흐르는 물의 노래가 평온하게 저무는 땅거미 아늑한 밤을 부르고 있었다.

가을이 무르익어 부서진다.
샛노란 가로수는 바라보는 사람을
영적인 세계로 이끈다.

대암산
가는 길

양구의 '대암산' 등산을 위해 집을 나섰다. 유별나게 더웠던 지난여름이 밀려가고 태풍이 올라온다고 야단스레 중계방송 하던 날들이 며칠 전에 끝나더니 오늘은 안개도 없이 화창한 가을 아침이다.

홍천을 지날 때는 구름이 슬렁슬렁 산골짜기를 기어 다닌다. 춘천에 들어서니 햇빛이 잠에서 깨어나고 있다.

양구 방향으로 우회전을 하니 곧 배후령 터널이 떡 버티고 있다. 5,057키로 미터의 길이를 자랑하는 터널은 달려도 달려도 굴속이다. 배후령을 빠져 나와 잠시 달렸는데 다시 추곡터널이 나온다. 추곡터널을 지나 3키로 지점에 '수인터널' 수인터널을 빠져 나오면 '웅진터널', 웅진터널을 지나니 '웅진

터널 2'가 우리를 웃음으로 반긴다.

웅진 2 터널을 미끄러져 나와 165킬로미터 지점에 '공리 터널'로 빨려 들었다가 나오니 이번에는 '쌍룡터널'이 우리들을 새롭게 맞이한다. 쌍룡터널을 나오니 곧바로 급커브에 급경사가 나타나 미끄럼을 태운다.

'여기는 오작리' 팻말을 얼마 지나지 않아 대암산 입구가 나온다. 숲길로 들어서니 높은 나무 가지위에 부엉이 인형을 올려놓았다. 다시 얼마를 올라가다 보니 고라니 박제가 숲 속에서 눈망울을 반짝이고, 몇 미터 걷다 보니 호랑이가 입을 크게 벌려 소리없이 포효를 하는 중이다. 산돼지는 새끼들을 데리고 인기척에 귀를 기울이고 여우는 꼬리를 끌며 슬금슬금 걸음을 옮기고 있다.

시작부터 물소리와의 동행이 심심치가 않고 샘가에는 쪽박이 놓여 있다. 여럿이 둘러 앉아 고기라도 구워 먹을 수 있도록 자리가 만들어져 있다.

옥녀폭포에 도착하니 예닐곱 명이 폭포 앞에 앉아 경치를 감상한다. '옥녀폭포'는 풍만한 여인의 엉덩짝을 닮았고 그 사이에서 쏟아지는 물줄기는 급한 배설을 하는 모양이다.

폭포를 지나 '솔봉'을 향해 걸음을 옮기니 인기척이라고 들리지 않는 고요한 산 속에 우리 두 사람뿐이다. 폭포서 부터 솔봉까지는 2.8킬로미터, 만만한 거리가 아니었지만 솔봉까지 목표를 정했으니 계속 걸었다.

얼크러진 다래 넝쿨 아래에서 농익은 다래도 주워 먹으면서 민근하게 비탈진 능선을 걷는데 갑자기 산비탈 아래쪽에서 버석버석하는 소리가 들린다. 치악산을 오르다 눈앞에 지나가던 짐승의 허리를 보고 놀랐던 일을 기억하며 멈칫 발걸음을 멈추고 소리 나는 방향을 주시하고 있는데 건장하게 생긴 남자가 딱 버티고 서있다.

멍하니 바라보고 있다 보니 분명하게 들리지는 않았지만 무슨 말을 하고 있었다. 건장한 남자는 우리 쪽으로 올라오면서 "많이 땄느냐?"고 소리를 질렀다. 아 요즈음은 버섯을 따는 계절이라는 것을 생각하며 고개를 절레절레 흔들었다.

땀에 흠뻑 젖은 건장한 남자는 통통한 주루먹을 등에 달고 성큼성큼 사라졌다. 길은 험하지 않은데 지루하게 가도 가도 '솔봉'이 나타나지 않았다. 아름드리나무가 군데군데 쓰러져

텅 빈 속내를 드러내고 이웃 나무들을 깔아뭉개며 맥반석 닮

은 자신의 뿌리로 하늘을 가리고 쓰러져 있었다

기도

오늘도 잠자리에서 거뜬하게 일어나서 감사하고

부유물 없는 공간으로 당신을 바라볼 수 있어 감사하고

콩 한 톨이 수백 알로 영그는 것에 감사하고

때가 되면 배고픔을 느끼는 것에 감사하고

음식이 맛있겠다고 생각하는 것에 감사하고

싸아한 가을 아침을 느낄 수 있어 감사하고

온 산과 들에 익어가는 열매와 울긋불긋 물드는 단풍에 감
사하고

가을 상추의 고소함과 달콤한 맛에 감사하고

잘 익은 토마토의 오묘한 빛깔 보며 생각하는 것에 감사
하고

들깨밭에 몰려다니는 참새 떼들에 활력을 배우며

소복한 나뭇가지 사이에 말벌 집을 숨어보며 감탄하고

나에게 들킨 뱀이 꼬리를 감추는 행동에 긍정을 보내며

쭈그려 앉아 마늘을 심는 일에 감사하고

서리걷은 풋고추 밀가루 묻여 살짝 쪄

가을 햇볕에 알알이 떼어 널고 있는 순간에 감사하고

책 속에 푹 빠질 수 있어 더욱 감사하고

한규우